知我者，其在青林黑塞間乎？

經典3.0
ClassicsNow.net

夢幻之美

聊齋誌異
Strange Tales from a Chinese Studio

蒲松齡 原著

郝譽翔 導讀

541 故事漫畫

他們這麼說這本書
What They Say

插畫：王韶薇

鬼狐有性格，
笑罵成文章

老舍
📅 1899～1966

💬 蒲松齡故居位於山東省淄川區的蒲家莊，其中有他的書房「聊齋」。作家老舍在上提聯：「鬼狐有性格，笑罵成文章。」

紀昀
📅 1724～1805

💬 清代學者紀昀，著有《閱微草堂筆記》一書。他對《聊齋誌異》曾有不以為然的看法，認為：「《聊齋誌異》盛行一時，然才子之筆，非著書者之筆也。」其實他反對的是《聊齋誌異》走唐人傳奇路線，而想回到六朝志怪小說與宋人筆記的傳統，這也可以視為他不願意籠罩在《聊齋誌異》的影響下，而想另闢蹊徑。

才子之筆，
非著書者之筆也

寫鬼寫妖高人一等
刺貪刺虐入骨三分

郭沫若
📅 1892～1978

💬 作家郭沫若也曾為蒲松齡的故居題聯：「寫鬼寫妖高人一等，刺貪刺虐入骨三分。」上聯指《聊齋》的題材多為花妖鬼狐，形象比人還要生動；下聯則指對當時政治社會的黑暗，刻畫地深入骨髓。

翟理思

📅 Herbert Allen Giles，1845～1935

💬 英國著名漢學家翟理思，曾英譯
《聊齋誌異》中的164則故事，在
西方很受歡迎。之後他於修訂版的
《聊齋誌異選》序言中，寫到：「蒲
松齡的《聊齋誌異》正如說英語的
社會流行的《天方夜譚》一樣，兩
個世紀以來，它在中國社會廣泛流
傳，為人們所熟知。」

像英語社會流行的《天方夜譚》

郝譽翔

📅 1969～

💬 這本書的導讀者郝譽翔，現任台灣中正大學台文所教
授。她認為：「翻開蒲松齡的《聊齋誌異》，細細品味
每一則故事，我們將會感動於蒲松齡對美的渴求、嚮
往，以及堅持，也才赫然發現，原來在我們的日常生活
之外，還存在著另外一個超現實的世界，在那裏面，並
沒有可怕而嚇人的鬼怪，反倒是洋溢著一種靈魂上的絕
美，足以安慰了我們身處在俗世之中，一顆寂寞又孤獨
的心，甚至也使得俗世中必然存在的醜陋與欠缺，獲得
了某種補償與慰藉。」

嚮往對美的渴求，以及堅持

你

📅 ？

💬 在二十一世紀此刻的你，讀
了這本書又有什麼話要說
呢？請到classicsnow.net上發
表你的讀後感想，並參考我
們的「夢想成功」計畫。

你要說些什麼？

書中的一些人物
Book Characters

插畫：王韶薇

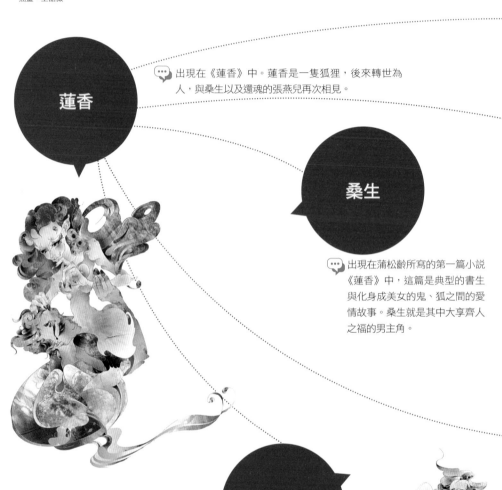

蓮香

💬 出現在《蓮香》中。蓮香是一隻狐狸，後來轉世為
人，與桑生以及還魂的張燕兒再次相見。

桑生

💬 出現在蒲松齡所寫的第一篇小説
《蓮香》中，這篇是典型的書生
與化身成美女的鬼、狐之間的愛
情故事。桑生就是其中大享齊人
之福的男主角。

葉生

💬 出現在《葉生》一文中。一位跟蒲松齡一樣
老是考不上科舉的書生，後來因病而死。但
他的靈魂卻猶如分身般與恩公出門遠行，並
教恩公的兒子讀書，讓他金榜題名。多年
後，他決定衣錦還鄉，回到家才發現自己早
已死去多年，立刻就化成煙霧消失了。

封三娘

💬 出現在《封三娘》一文中。封三娘原本是一隻修煉中的狐狸，因為愛慕美女范十一娘的美貌，於是化為人身。沒想到封三娘想離開時，范十一娘因為捨不得而使出詭計，使封三娘破了色戒無法成仙。藉由封三娘的口中，蒲松齡表達了對身體之美與情魔之劫的看法。

💬 同樣是出現在《封三娘》中。在上元節的盂蘭盆會中遇到封三娘，彼此互相愛慕，甚至想與封三娘共侍一夫，沒想到卻破壞了封三娘成仙的修行，後來封三娘依然飄然遠去，她就與考上科舉的孟生回到家鄉與家人團聚。

范十一娘

張公子

💬 出現在《鴿異》中。他非常喜歡鴿子，偶然獲得白衣少年所贈的兩隻白鴿，他視為人間絕品，非常珍愛。後來長輩開口跟他討幾隻鴿子，他不敢拒絕，就送了白鴿給他。不料長輩把牠們烹而食之，後來張公子夢見白衣少年責備他，他內心也非常悔恨，於是將自己所養的鴿子散盡，寧願一無所有。

這本書的歷史背景
Time Line

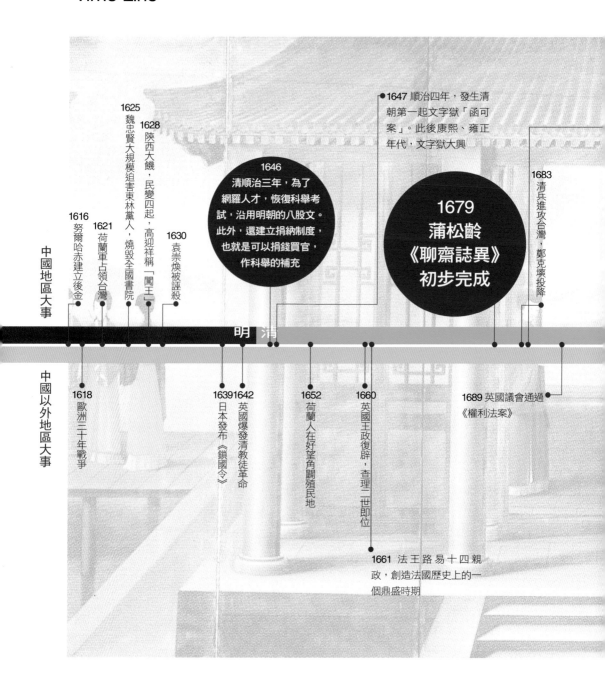

中國地區大事

明　清

中國以外地區大事

1625 魏忠賢大規模迫害東林黨人，燒毀全國書院

1628 陝西大饑，民變四起，高迎祥稱「闖王」

1616 努爾哈赤建立後金

1621 荷蘭軍占領台灣

1630 袁崇煥被誣殺

1646 清順治三年，為了網羅人才，恢復科舉考試，沿用明朝的八股文。此外，還建立捐納制度，也就是可以用錢買官，作科舉的補充

1647 順治四年，發生清朝第一起文字獄「函可案」。此後康熙、雍正年代，文字獄大興

1683 清兵進攻台灣，鄭克塽投降

1679 蒲松齡《聊齋誌異》初步完成

1618 歐洲三十年戰爭

1639 日本發布《鎖國令》

1642 英國爆發清教徒革命

1652 荷蘭人在好望角闢殖民地

1660 英國王政復辟，查理二世即位

1689 英國議會通過《權利法案》

1661 法王路易十四親政，創造法國歷史上的一個鼎盛時期

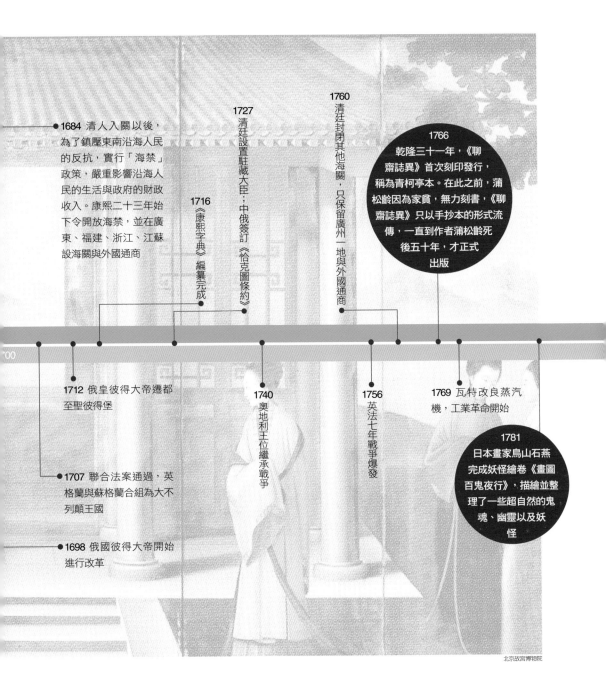

1684 清人入關以後，為了鎮壓東南沿海人民的反抗，實行「海禁」政策，嚴重影響沿海人民的生活與政府的財政收入。康熙二十三年始下令開放海禁，並在廣東、福建、浙江、江蘇設海關與外國通商

1716 《康熙字典》編纂完成

1727 清廷設置駐藏大臣；中俄簽訂《恰克圖條約》

1760 清廷封閉其他海關，只保留廣州一地與外國通商

1766 乾隆三十一年，《聊齋誌異》首次刻印發行，稱為青柯亭本。在此之前，蒲松齡因為家貧，無力刻書，《聊齋誌異》只以手抄本的形式流傳，一直到作者蒲松齡死後五十年，才正式出版

1712 俄皇彼得大帝遷都至聖彼得堡

1707 聯合法案通過，英格蘭與蘇格蘭合組為大不列顛王國

1698 俄國彼得大帝開始進行改革

1740 奧地利王位繼承戰爭

1756 英法七年戰爭爆發

1769 瓦特改良蒸汽機，工業革命開始

1781 日本畫家鳥山石燕完成妖怪繪卷《畫圖百鬼夜行》，描繪並整理了一些超自然的鬼魂、幽靈以及妖怪

北京故宮博物院

這位作者的事情
About the Author

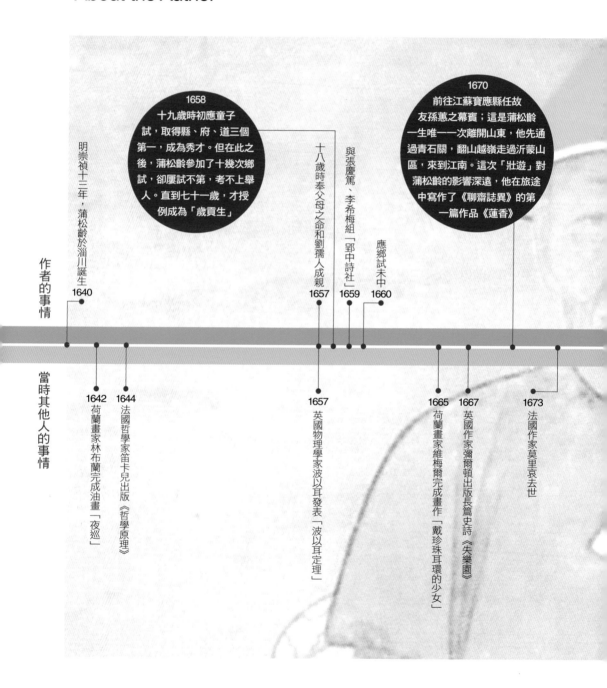

作者的事情

明崇禎十三年，蒲松齡於淄川誕生
1640

1658
十九歲時初應童子試，取得縣、府、道三個第一，成為秀才。但在此之後，蒲松齡參加了十幾次鄉試，卻屢試不第，考不上舉人。直到七十一歲，才授例成為「歲貢生」

十八歲時奉父母之命和劉孺人成親
1657

與張篤慶、李希梅組「郢中詩社」
1659

應鄉試未中
1660

1670
前往江蘇寶應縣任故友孫蕙之幕賓；這是蒲松齡一生唯一一次離開山東，他先通過青石關，翻山越嶺走過沂蒙山區，來到江南。這次「壯遊」對蒲松齡的影響深遠，他在旅途中寫作了《聊齋誌異》的第一篇作品《蓮香》

當時其他人的事情

1642
荷蘭畫家林布蘭完成油畫「夜巡」

1644
法國哲學家笛卡兒出版《哲學原理》

1657
英國物理學家波以耳發表「波以耳定理」

1665
荷蘭畫家維梅爾完成畫作「戴珍珠耳環的少女」

1667
英國作家彌爾頓出版長篇史詩《失樂園》

1673
法國作家莫里哀去世

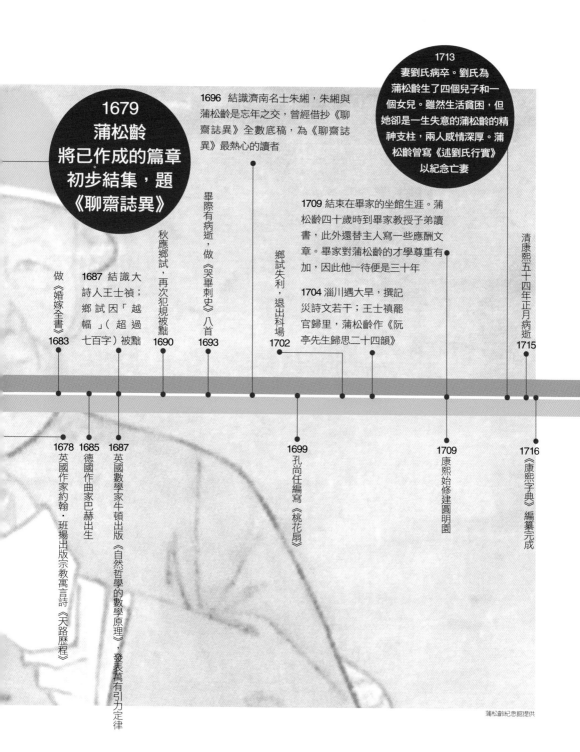

1713 妻劉氏病卒。劉氏為蒲松齡生了四個兒子和一個女兒。雖然生活貧困，但她卻是一生失意的蒲松齡的精神支柱，兩人感情深厚。蒲松齡曾寫《述劉氏行實》以紀念亡妻

1696 結識濟南名士朱緗，朱緗與蒲松齡是忘年之交，曾經借抄《聊齋誌異》全數底稿，為《聊齋誌異》最熱心的讀者

1679
蒲松齡
將已作成的篇章
初步結集，題
《聊齋誌異》

1709 結束在畢家的坐館生涯。蒲松齡四十歲時到畢家教授子弟讀書，此外還替主人寫一些應酬文章。畢家對蒲松齡的才學尊重有加，因此他一待便是三十年

做《婚嫁全書》
1683

1687 結識大詩人王士禎；鄉試因「越幅」（超過七百字）被黜

秋應鄉試，再次犯規被黜
1690

畢際有病逝，做《哭畢刺史》八首
1693

鄉試失利，退出科場
1702

1704 淄川遇大旱，撰記災詩文若干；王士禎罷官歸里，蒲松齡作《阮亭先生歸思二十四韻》

清康熙五十四年正月病逝
1715

1678
英國作家約翰‧班揚出版宗教寓言詩《天路歷程》

1685
德國作曲家巴赫出生

1687
英國數學家牛頓出版《自然哲學的數學原理》，發表萬有引力定律

1699
孔尚任編寫《桃花扇》

1709
康熙始修建圓明園

1716
《康熙字典》編纂完成

蒲松齡紀念館提供

9

這本書要你去旅行的地方
Travel Guide

濟南

● **濟南古城** 蒲松齡一生中曾二十多次來到濟南，對濟南等名勝古蹟流連忘返。

時代圖片

● **大明湖** 與趵突泉、千佛山並稱濟南三大名勝。濟南號稱「泉城」，有泉水百餘處，其中名泉七十二處。大明湖即由眾泉匯流而成的天然湖泊。

● **趵突泉** 位居濟南七十二名泉之首，被譽為「天下第一泉」。

● **東流水** 即東流水街，東流水是濟南人簡略後的叫法。此街古稱船巷。此街東鄰護城河，水經年川流不息，故名東流水街。

淄川

蒲松齡紀念館

● **蒲松齡紀念館** 館址為蒲松齡故居，位於蒲家莊。1980年建立。館藏文物有蒲松齡肖像立軸、蒲松齡手稿、蒲松齡印章等。

● **淄博聊齋城** 位於淄博市淄川區蒲家莊，是蒲松齡的故里，後人改建為「聊齋城」。

青石關

● **青石關** 青石關是齊都臨淄的南大門，是齊長城最壯偉的一處關隘。蒲松齡三十歲時離家前往寶應，一路上翻山越嶺，通過青石關。

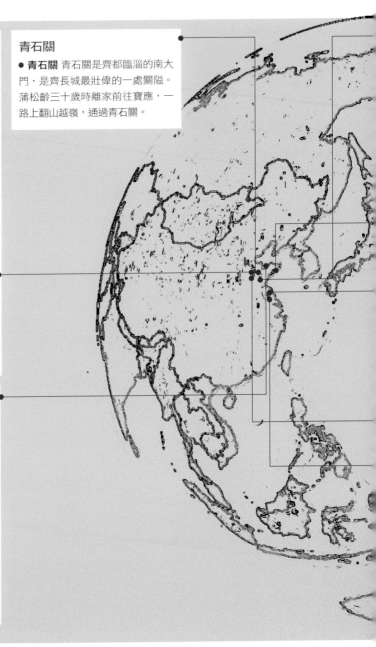

沂蒙山區

● **沂蒙山區** 沂蒙山區主要由沂山、蒙山、北大山、蘆山等高山丘陵組成。自然景色秀麗，並保存了許多文物古蹟。沂蒙山區的所見所聞引發了蒲松齡寫作《聊齋誌異》的開端。

高郵

● **高郵湖** 高郵湖是江蘇省第三大湖，總面積780平方公里。蒲松齡詩中描寫其「蒼茫雲水三千里」。

嶗山

● **嶗山太清宮** 海上名山嶗山是著名的道教名山，蒲松齡與同鄉好友遊歷嶗山時，曾在太清宮寓居。他曾寫過《嶗山道士》和《嶗山觀海市歌》等。

寶應

● **寶應** 蒲松齡曾在寶應居住了一年，擔任幕僚。他的住所遺址上現有「蒲公井」一口，傳為當時所用。

泰山

● **泰山** 為五嶽之首。自然景觀雄偉絕奇。蒲松齡曾兩次登臨泰山，創作了《登岱行》、《秦松賦》。《聊齋誌異》中也有不少描寫泰山故事，如《胡四姐》、《鬼妻》、《雲翠仙》等。

目錄 夢幻之美 聊齋誌異
Contents

封面繪圖：王韶薇

1.0

13 —— **導讀** 郝譽翔

我以為，對於「美」的高度評價，正是蒲松齡與六朝志怪小說分岐，而要上追屈原《離騷》、《九歌》所歌頌的「香草美人」。

2.0

63 —— **故事漫畫** 541

漫畫聊齋

3.0

81 —— **原典選讀** 蒲松齡原著／郝譽翔翻譯

封曰：「實相告，我乃狐也。緣瞻麗容，忽生愛慕，如繭自纏，遂有今日。此乃情魔之劫，非關人力。再留，則魔更生，無底止矣。娘子福澤正遠，珍重自愛。」言已而逝。（選自《聊齋誌異·封三娘》）

導讀

郝譽翔

台灣大學中文博士，現任中正大學台文所教授；
著有小說集《幽冥物語》、《那年夏天，最寧靜的海》、《初戀安妮》、《逆旅》、《洗》等書。

要看導讀者的演講，請到ClassicsNow.net

我總以為，《聊齋誌異》是一本被誤讀的書。它確實膾炙人口，在中國幾乎無人不知，無人不曉，而根據它所衍生出來的各種創作，譬如改寫的版本、電視、電影又不知有多少。然而，這些改編卻多著重在鬼怪傳奇的故事之上，而未免窄化了這本鉅著的價值，甚至在某種程度上，也掩蓋了原著真正的精神，以及它值得後人細細品嘗的妙處。

夾縫之中：兩個朝代，雙重性格

若想要更親近《聊齋》，恐怕還是得先從蒲松齡（1640-1715）寫作的時代背景開始。而它的特徵是什麼呢？我會用"in between"來形容——蒲松齡可以說是一個處在夾縫之中的人物，處在兩個朝代：明代和清代，以及兩種性格：現實的科舉功名和超現實的神鬼之中。

蒲松齡出生在明末崇禎十三年（1640），山東淄川人。在他五歲那一年（1644），北京被國號「大順」的李自成軍隊攻破了，崇禎皇帝自縊於煤山，過沒多久，清軍隨之進入京城，而順治皇帝順利登基，從此中國進入了一個新的朝代：清。從清兵入主中原，一直到1662年，明室的後裔桂王在雲南被吳三桂殺害為止，清朝總共花了將近二十年的時間，才逐漸平息中國內部各地不安的起義和動亂。也因此，蒲松齡是一個跨越明、清之際的文人，更是一個成長在局勢動盪不安年代中的知識分子。而那正是一個舊有價值體系崩毀，新的認同正要從矛盾衝突之中，逐漸浮現出來的年代，滿人為了取得漢人的認同，在1646年，便宣布重開科舉，在這次的殿試之中，共有三百三十七人及第，而其中大多數出身於京畿和山東、河北一帶。蒲松齡所生長的山東，正是在這文風鼎盛之地，而儒家典籍四書五經，也彷彿成了兵荒馬亂的年代裏，唯一可以綿延不輟的、不變的命脈。

科舉，成了文人在新時代的性命依歸，蒲松齡便是置身在這個朝聖隊伍之中的一員。

（上圖）闖王李自成雕像。李自成所建立的大順雖然僅維持短短一年，卻是覆滅明王朝的關鍵。

（下圖）陳圓圓像。據說因為李自成的手下擄走吳三桂愛妾陳圓圓，使得吳三桂怒而引清兵入關。

（右圖）八旗軍旗。八旗制度是由努爾哈赤所制定，並靠著這樣的軍事制度擊敗了明朝，建立清朝江山。

正黃軍旗

鑲黃軍旗

正白軍旗

鑲白軍旗

正紅軍旗

鑲紅軍旗

正藍軍旗

鑲藍軍旗

北京故宮博物院

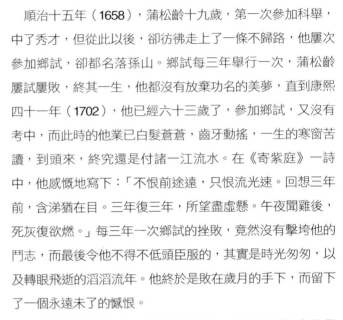

順治十五年（1658），蒲松齡十九歲，第一次參加科舉，中了秀才，但從此以後，卻彷彿走上了一條不歸路，他屢次參加鄉試，卻都名落孫山。鄉試每三年舉行一次，蒲松齡屢試屢敗，終其一生，他都沒有放棄功名的美夢，直到康熙四十一年（1702），他已經六十三歲了，參加鄉試，又沒有考中，而此時的他業已白髮蒼蒼，齒牙動搖，一生的寒窗苦讀，到頭來，終究還是付諸一江流水。在《寄紫庭》一詩中，他感慨地寫下：「不恨前途遠，只恨流光速。回想三年前，含涕猶在目。三年復三年，所望盡虛懸。午夜聞雞後，死灰復欲燃。」每三年一次鄉試的挫敗，竟然沒有擊垮他的鬥志，而最後令他不得不低頭臣服的，其實是時光匆匆，以及轉眼飛逝的滔滔流年。他終於是敗在歲月的手下，而留下了一個永遠未了的憾恨。

若就這個層面看來，蒲松齡恐怕是一個頑固又迂腐的儒生，明明知道科舉的陰暗面，舞弊、捐官之事，屢見不鮮，可是卻又偏偏不能忘情於功名，窮經皓首，只為了中舉，好求取現實中的名位。如此腐儒，竟然也就是那一位雅好搜神，飄飄欲仙，終日沈浸在奇詭幻想之中的蒲松齡嗎？

我以為，這正是蒲松齡性格中矛盾的兩面，直到今天看來，他的內心世界仍然不可解，始終還是一個如同《聊齋誌異》般神秘莫測的謎題。但這內心之謎，卻也正是蒲松齡值得玩味的迷人處。他既現實，但卻又不現實；他是一個標準的儒生，卻又著迷於孔子所不語的「怪力亂神」，而他擺盪在這兩個極端的世界當中，兩者的表現卻又皆如此強烈，一往無悔。

所以若拋開科舉的層面，蒲松齡其實是一個對於超現實充滿了濃厚興趣和想像力的人。他喜好浪遊，也喜歡和郊野中偶遇的陌生人，促膝長談，而對於佛教的前世因緣，更有著不可思議的奇妙感應。在《聊齋自誌》這一篇蒲松齡自述寫作《聊齋》歷程的重要短文中，他描述自己出生的經過，便

科舉制度 古代中國特有的一種選才制度，自從隋代開始萌芽，又歷經唐代的完備、宋代的改革、明代的興盛，以及清代的沒落，約近千年的發展和演化，為舊日中國拔選官員最重要的管道之一。

科舉制度的考試內容主要集中在四書五經，到了明代更是規定必須採用不容隨意加入個人見解的八股形式，使往後大多數的讀書人只知窮首在背誦經書文句與鑽研格式中，漸漸失去了靈活創作與思考的能力，時日一久，便養出了一批不能變通的腐儒；而真正有見解才學的知識分子，卻弔詭地被排擠在仕途之外了。

TOP PHOTO

（上圖）清代皇榜

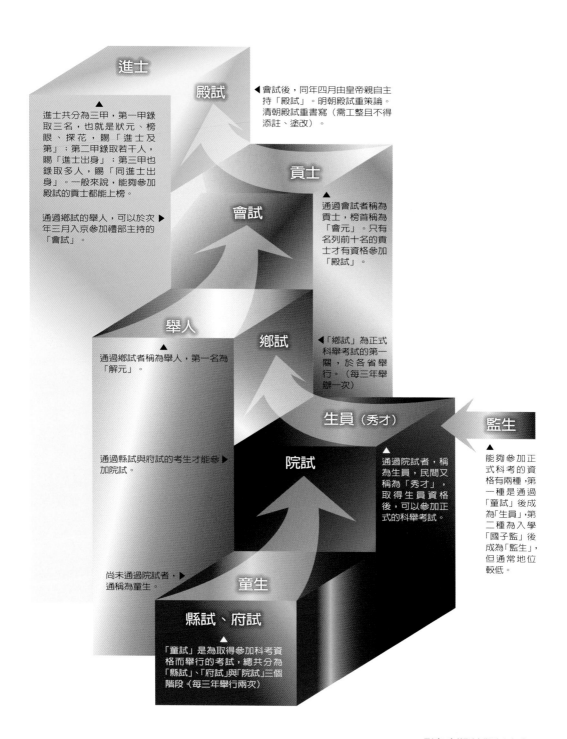

進士

殿試

進士共分為三甲，第一甲錄取三名，也就是狀元、榜眼、探花，賜「進士及第」；第二甲錄取若干人，賜「進士出身」；第三甲也錄取多人，賜「同進士出身」。一般來說，能夠參加殿試的貢士都能上榜。

▲會試後，同年四月由皇帝親自主持「殿試」。明朝殿試重策論。清朝殿試重書寫（需工整且不得添註、塗改）。

通過鄉試的舉人，可以於次年三月入京參加禮部主持的「會試」。

貢士

會試

通過會試者稱為貢士，榜首稱為「會元」。只有名列前十名的貢士才有資格參加「殿試」。

舉人

鄉試

通過鄉試者稱為舉人，第一名為「解元」。

◀「鄉試」為正式科舉考試的第一關，於各省舉行。（每三年舉辦一次）

生員（秀才）

監生

通過縣試與府試的考生才能參加院試。

院試

通過院試者，稱為生員，民間又稱為「秀才」，取得生員資格後，可以參加正式的科舉考試。

能夠參加正式科考的資格有兩種，第一種是通過「童試」後成為「生員」，第二種為入學「國子監」後成為「監生」，但通常地位較低。

尚未通過院試者，通稱為童生。

童生

縣試、府試

「童試」是為取得參加科考資格而舉行的考試，總共分為「縣試」、「府試」與「院試」三個階段（每三年舉行兩次）

明清時期科舉制度表

瀰漫著玄妙的色彩：

松懸孤時，先大人夢一病脊瞿曇，偏袒入室，藥膏如錢，圓黏乳際，寤而松生，果符墨誌。且也，少羸多病，長命不猶。門庭之淒寂，則冷淡如僧，筆墨之耕耘，則蕭條似缽。每搔頭自念：勿亦面壁人果是吾前身耶？蓋有漏根因，未結人天之果，而隨風蕩墮，竟成藩溷之花。何可謂無其理哉？

　　他的父親蒲敏吾夢到了一個和尚，走入房內，赤裸上身，而乳前貼了一片藥膏，醒來後，蒲松齡便出生了。日後，在他又瘦又病、蹇陌困頓之際，回想起這段往事，他不禁猛然醒悟到：自己淒冷寂寞的門庭，不就像是一個出家之人嗎？而終日埋頭在筆墨中，又何嘗不像是僧人之缽一般，蕭條空無？莫非，他就是那位和尚投胎轉世？而他此世的生命，原來竟也是一段前世未了的因果？又或是一段失落了的造化，如花般隨風飄蕩，無意中來到了混沌的人世？如此玄妙的臆想，彷彿是一種精神上的昇華和拯救，而把蒲松齡帶離了寒磣的此生，甚至讓他在淒冷孤清的現實中，乍見了一道冥冥不可知的天意。

　　此身究竟是誰呢？是我？非我？而現實有窮，天意渺茫無窮，蒲松齡接著說道，自己為何要提筆寫《聊齋誌異》了：

子夜熒熒，燈昏欲蕊，蕭齋瑟瑟，案冷疑冰。集腋為裘，妄續幽冥之錄，浮白載筆，僅成孤憤之書：寄託如此，亦足悲矣。嗟呼，驚霜寒雀，抱樹無溫，弔月秋蟲，偎闌自熱。知我者，其在青林黑塞間乎？

壯遊 這種豪氣的歷練，幫助中國文人成就了偉大的志業。漢史學家司馬遷，在弱冠之年（二十歲）行旅大地，實地勘察了各方的風土民情，搜羅了史料傳說，終形成通透古今的一家之言；唐玄奘以二十年的光陰，西行取經，為中國引渡更深切的佛家理想；明代著名的旅行家徐霞客則是憑藉著他一雙腳，走出同時具有文學、地理、地質、交通考察、動植物品鑑等多方面價值的《徐霞客遊記》。

廣義來說，中國古代因為通訊與交通皆不便利，文人墨客為了訪友、求學、赴考、遊歷等等目的，經常會有自主性的長途旅遊，這些旅程雖不同於定義中的「壯遊」，而是一種有計畫的考察行動，但善感的知識分子終究極容易在每一段與大地接觸的歷程中，得到有益性靈的收穫，並同時體現在個人的詩作文章與修養處世等方面。

（右圖）明 蕭雲從《雪嶽讀書圖》
圖中巨岩層疊，樹木蔥鬱，屋舍位於畫中一小角，很能表現士人刻苦讀書的模樣。

故《聊齋誌異》並不是一本蒐珍獵奇的遊戲之作，而是一本誕生在寒冷蕭瑟的暗夜裏，一個孤單之人所賦予深切寄託的「孤憤之書」，而他的知音並不在現世，乃是在「青林黑塞間」，在一個文明所不能及的自然荒野，乃至於鴻濛太空。《聊齋誌異》，其實宛如一部蒲松齡與另外一個世界的對話錄。

寫作《聊齋》的過程

《聊齋誌異》意念的發端，最早可以推到康熙四年（1665）左右，蒲松齡二十六歲，因為長嫂的性格潑辣，故兄弟分家，使得他的生活一時陷入貧困的絕境。他描述自己的住家：「一庭中觸雨瀟瀟，遇風喁喁，遇雷霆謖謖。狼夜入，則塒雞爭鳴，圈豕駭竄。兒不知愁，眠早熟，績火熒熒，待曙而已。」家庭窮到這種地步，屋漏風吹，雷電和野獸競相來襲，早已非一個安適之地。故蒲松齡開始四處遊學，找尋謀生的出路，「半饑半飽清閒客，無鎖無枷自在囚」，便是他這一時期的自我寫照，而也正是在這一段浪遊不安的歲月中，他開始了《聊齋》的寫作。

康熙九年（1670），蒲松齡應好友孫蕙之邀，到江蘇寶應縣擔任師爺，深秋時節，他離開故鄉遠行，從淄川來到了博山縣青石關，再經過沂蒙山區、魯南的沂州、蘇北的淮陰，而抵達寶應。這一去，道遠路超，山間的寂寥荒涼，以及山勢的險峻和壯觀，均給了他極為深刻的震撼以及啟發。對年僅三十歲的蒲松齡而言，這更可以說是一趟啟蒙的大旅行。當他來到沂州，遇到連日大雨，不得不中斷行程，停留在旅店裡，而投宿在同一間旅店的，還有一個叫做劉子敬的讀書人，兩人萍水相逢，一見如故，徹夜長談。劉給了蒲松齡一本表親王子章所寫的《桑生傳》，大約有萬言左右。蒲松齡讀了之後，大為感慨，遂把《桑生傳》改成《蓮香》，而這便是《聊齋誌異》第一篇完成的作品。

《蓮香》，其實是一則讀者最熟悉的、典型書生與美女的

北京故宮博物院

（右圖）

中國傳統對「身體」的態度

所謂身體髮膚受之父母，儒家將人的軀體視為父精母血的一種延續，因此愛惜身體是孝的表現。儒家精神幾乎貫串整個中國歷史，唯有六朝例外。

六朝人不僅追求文章純然的藝術之美，也重視知識分子的身形之美。不同於一般對男子陽剛之氣的推崇，六朝特別欣賞清俊風雅、皮膚白皙的陰柔美。同時，因崇尚清談，講究飄逸出世、不為世俗羈絆的灑脫，因此時髦的士人往往喜歡穿著輕柔的薄紗或者寬鬆的大袍，在山林間縱酒論談。

不過，這也有當時特殊的環境背景。由於當時的文化圈有服食五石散的風氣，而吃了這種帶有毒性的藥物之後，皮膚會發燙變薄，為避免擦傷，也只能穿著寬鬆衣物，至於皮膚白皙，也有可能是服藥之後的結果。

（右圖）談到鬼，就不得不想到鍾馗。這是清世祖畫鍾馗像。古代帝王有於歲除時畫鍾馗賞賜群臣的習俗，唐代如劉禹錫、張說都有《謝賜鍾馗表》傳世。

愛情故事。桑生獨自一人住在郊外，夜中，卻忽然有兩個美女，隔日輪流出現在他的房中，其中之一是蓮香，另一位是李女。可想而知，這兩位美女都不是凡人，蓮香是狐狸，而李女是鬼。人、鬼、狐雖然殊途，但卻也不妨害他們三人之間親密的感情。

故事到了這裏，急轉直下，突然有一天，李女不見了，原來身為鬼的她，太渴望回到人世間了，她日日「隨風漾泊，每見生人則羨之，晝憑草木，夜則信足浮沈」。一縷幽幽的芳魂，對於人世充滿了不捨依戀，故載浮載沈，不知不覺中，就附身在另外一個張家少女燕兒的身上，藉由她的軀體還魂。「還魂」，同樣是中國古典志怪小說，乃至於《聊齋》中常見的故事典型。但值得注意的是，《蓮香》中的李女雖然借到了張燕兒的軀體，但是她不開心，當她起身，一攬鏡自照，便痛哭失聲，說：

當日形貌，頗堪自信，每見蓮姊，猶增慚怍，今反若此，人也不如其鬼也。

這段話非常有意思，也點出了《聊齋誌異》與一般「還魂」之作的不同點，那就是：光有了軀體還是不夠的，假若不「美」，那軀體又有何用？假若不「美」，那麼做人，還不如做鬼。接下來，《蓮香》描述了一段軀體蛻化的過程，非常精彩，而且充滿想像力。李女痛哭失聲後，便躺在床上，蓋緊棉被，絕食不吃也不喝，然後全身腫脹起來，彷彿化膿，七天後，竟也不死，她忽然覺得饑餓，進食後，又過了幾天，遍體開始搔癢難耐，身上的皮竟然陸續脫落下來，她又回復到原來的美貌。而從醜到美的蛻變，以及淨化，成了全篇最為奇幻的段落。

李女，現在是張燕兒了，還魂成功，與桑生結為夫妻，但這時蓮香得了大病，膏藥罔效，桑生和燕兒痛哭流涕，而蓮香卻

23

淡巴菰 就是煙草，大約在明朝萬曆年間傳入中國。根據姚旅《露書》記載，煙草是從今天的菲律賓傳入中國，當時稱作「淡巴菰」，後來福建漳州一帶也開始種植。遼東出現煙草，晚於福建，應該是經由日本、朝鮮而傳入遼東。總之明末以後，吸煙已經成為中國民間常見的現象。蒲松齡就是一例，他喜歡抽煙草，去世時不但以煙具陪葬，在寫作《聊齋誌異》時，還在路邊奉茶與煙，希望來往行旅能暢談自己知道的鬼怪故事。（編輯部）

蒲松齡紀念館提供

（上圖）蒲松齡墓出土的陪葬品，除了一些銅碗與家居用品外，還有清代的煙桿，可見蒲松齡可能是個嗜煙的癮君子。
（右上圖）清末時，西方人筆下的中國煙客。
（右下圖）清代煙商檢查煙貨的繪畫。

說了一句頗耐人尋味的話：「子樂生，我樂死。」有的人以生為樂，但有的人卻是以死為樂，所以或生，或死，其實又有什麼差別呢？它彷彿是事物相互流轉的兩面，而我們的靈魂並不會因此而減滅。不過，光有飄渺的靈魂，卻也是不夠的，因為沒有身體，我們就無從實踐情愛，也就無從表現自己。因此蓮香許下了十年之約，十年後，她果然轉世成為一個女孩，重新和桑生、燕兒相見。蒲松齡在故事的末尾說道：

嗟呼，死者而求其生，生者又求其死，天下所難得者，非人身哉？奈何具此身者，往往而置之，遂至腆然而生不如狐，泯然而死不如鬼？

如此看來，身體，不也就是世界上最可貴的事物嗎？它不再只是一具臭皮囊，相反地，它是我們意志的顯現，也是情意的具象化，所以又怎麼可以不珍愛它？甚至不追求它的美呢？

從《蓮香》開始，蒲松齡揭示了《聊齋誌異》的命題核心，就在於：呼喚芸芸世相之中所流轉的美。而這種美，從內在的意志穿透到外在的軀體，而形成了一股超越無形的力量，它可以起死回生，也可以從生入死，甚至可以感動非人類的萬物，沈魚落雁、閉月羞花，更可以驚天地、泣鬼神。

以此看來，《聊齋誌異》的寫作過程頗堪玩味。從康熙九年（1670）的第一篇《蓮香》，到康熙十八年（1679）全書初稿完成為止，總共九年的時間，其實也正是蒲松齡一生中最為落魄潦倒的時光。他不斷地考科舉，但都沒有考上，又得了大病，家中窮到無米可炊，面對妻子和幼兒，他慨嘆自己的無用：「花落一溪人臥病，家無四壁婦愁貧」。屋外的大自然，是「花落一溪」的美，而與之相對應的，卻是屋內不堪的醜陋人世。而在一首俚曲《窮漢詞》中，他寫道：「血汗暴流，扭筋拔力」，「糧也欠，米也欠，糧食出得沒一石，衣裳當得沒一件。」也彷彿是對他在《聊齋誌異》中所

TOP PHOTO

TOP PHOTO

戮力刻畫的美，做出了最大的嘲諷，因為那種美，根本不存在於現實的人間。

蒲松齡彷彿被困在一個「血汗暴流，扭筋拔力」、「家無四壁」的牢籠裡，而唯一能把他拯救出去的，唯有文字，唯有想像力，故他以筆墨為刀斧，鑿穿了時間和空間的牆壁，而創造出一個如夢似幻、無窮無盡的「美」的天地。

蒲松齡的朋友曾一再勸告他，不要浪費時間在這些無聊的故事上，但他卻不聽，對他而言，這恐怕是性命攸關之事，否則，人世又有何值得眷戀？等到《聊齋誌異》書成，蒲松齡也已經四十歲了，恰好應聘到刺史畢際有的石隱園中，擔任師塾先生，教弟子詩文，而這一教，便是三十年。他的後半生總算比較安定了，但從四十歲到他去世為止，將近三十多年的時光，蒲松齡仍然反覆地刪改《聊齋誌異》，斟酌文字，耗費了他一輩子的精力，把這本「孤憤之作」經營得盡善盡美。康熙五十四年（1715），蒲松齡七十六歲，據說是在窗前正襟危坐，悄然逝世。在他生前，《聊齋誌異》僅以手抄本的方式，在親朋好友之間流傳，直到乾隆三十一年（1766），也就是他死後五十年，才有抄本編刻。至於這本書影響所及，也出現了許多仿作，有名的有：袁枚（1716-1797）《新齊諧》、紀昀（1724-1805）《閱微草堂筆記》等等，然而這些著作多半停留在「志怪」或是蒐奇，近乎遊戲筆墨，既缺乏蒲松齡深沈的寄託，也沒能超越它廣博又精緻的藝術成就。

物之哀：孤獨的終極美學

關於《聊齋誌異》的寫作方式，最有名的傳聞，莫過於鄒弢《三借廬筆談》了：

相傳先生居鄉里，落拓無偶，性尤怪癖，為村中童子師，食貧自給，不求於人。做此書時，每臨晨，攜一大瓷甕，中

蒲松齡紀念館提供

蒲松齡紀念館提供

（上圖）聊齋手稿本。
（下圖）聊齋但明倫評本。
（右圖）聊齋手稿本，現藏於蒲松齡紀念館及遼寧省圖書館。

花姑子

安幼興、陝之拔貢生、為人揮霍好義、喜放生、見獵者獲禽
之、輒買家畜楚、往往傾囊不惜。會舅家喪葬、往助執佛事、暮歸、路經華岳、迷竄山谷中、心
見燈火、趨投之、數武中、歘見一叟、傴僂曳杖、斜徑疾行。安停
詰離何安以迷途告、且言燈火處必是山村、將以投止。叟曰
大來可從去、茅廬可以下榻。安大悅、從行里許、睹小村。叟挑
叟即子来耶。叟曰、諮院入則舍宇湫隘。叟挑燈促坐、便命隨事
曰此非他是吾兒、王選子不能行步、可喚花姑子来釀酒俄女
叟側秋波斜眄安視之、芳容韶齒、殆類　大仙。叟顧令煨酒、房

貯苦茗，具淡巴菰一包，置行人大道旁，下陳蘆襯，坐於上，煙茗置身畔，見行道者過，必強執與語，搜奇說異，隨人所知，渴則引以茗，或奉以煙，必令暢談乃已，偶聞一事，歸而粉飾之。

這種說法，未免近乎誇大，而且不近人情。事實上，蒲松齡的題材來源多是聽親友講述，或是親身經歷，或是融化了中國古有的志怪傳奇，然後再轉化出自己獨特的面貌。

志怪，向來就是中國古典小說的主流，從神話《山海經》、魏晉南北朝筆記小說《幽明錄》、《述異記》等，到唐代傳奇，業已攀登上想像力的高峰，但自從宋代話本和明代以降，小說便又逐漸浸染了世俗化的色彩，而越來越朝向現實靠攏，譬如《金瓶梅》等正是。故《聊齋誌異》乃是上追古人，集六朝筆記小說乃至唐代傳奇之大成，也可以說是中國古典故事的寶庫，像是「還魂」、「離魂」還有「黃粱夢」、「桃花源」等等故事的典型，都可以在《聊齋誌異》中輕易地找到。

除了它是中國古典故事的寶庫之外，《聊齋誌異》甚至可說是繼承了中國傳統士大夫儒家文化之外，所開闢出來的另一個形而上的精神世界，而這個世界與儒家的規範相互對立，它自由不羈，浪漫綺麗，多采多姿，而被科舉所禁錮了的士人心靈，都可以在這個世界中獲得了淋漓盡致的解放。尤其是身逢亂世，儒家的「經世致用」之學，大都要淪為空談，而失去了原有的安身立命的效用，故一個有理想的文人，更容易被另外一個超越現實的世界所吸引，而欲向它翱翔而去，好尋求精神上的終極慰藉。如此一來，蒲松齡在《聊齋誌異》中所打造出來的，無非就是這樣的一個世界，它是一顆被壓抑於黑暗深處的靈魂，所隱約顫動而出的微弱之光———「子夜熒熒，燈昏欲蕊」，但它卻比起光明還要更加的懾人，比起真實還要更加的真實。

這一精神世界的源頭創始者，就是屈原。在中國歷史上許多時刻，屈原似乎比起孔子，都還要更能貼近知識分子的內心。

蒲松齡在《聊齋自誌》中便開宗明義點出：「披荔帶蘿，三閭氏感而為騷」──「三閭」指的就是三閭大夫屈原，而「披荔帶蘿」則是出自於楚辭《九歌》中的「山鬼」：「若有人兮山之阿，披薜荔兮帶女蘿」。屈原遭到楚懷王放逐，浪遊在汨羅江畔，鬱鬱不得志，於是有了《離騷》諸作。而在《離騷》中，屈原上窮碧落，下至黃泉，翱翔八荒九陔，叩問天神，下訪幽冥，雖然四處尋覓知音而不可得，但卻在鴻濛太空之外，開出了多重且無邊無際的世界觀。《離騷》中說：「路曼曼其修遠兮，吾將上下而所求」，而楚辭之中的《九歌》、《天問》，甚至《招魂》和《大招》諸作，不也都是在朝向另外一個非現實世界的探索？屈原藉由遠遊，打破了時空的限制，以無限，來求得此世有限之身的解脫，而這種向天、向浩瀚宇宙的叩問，也因此變成了一椿富有悲劇性意義的舉動。

故蒲松齡談鬼搜神，不只設意好奇，更是一種精神上孤獨的終極美學，才有了集大成的《聊齋誌異》，也才能夠超越中國志怪小說中樸素的原始思維，而達到了人文的高度──自我的解放之上，不但從黑暗的政治社會中解放，從貧困的物質生活中解放，也要從僵死的八股科舉中解放。換言之，蒲松齡取志怪的故事骨幹，但其實注入了自己的生命，意在釋放澎湃的想像力、生命力，甚至是被污濁人世所遮蔽了的「美」。

所以《聊齋》喜歡寫美，尤其喜歡寫美女、麗人，以之作為篇名，譬如《嬌娜》、《小謝》、《嬰寧》、《珊瑚》、《翩翩》、《菱角》……，彷彿人影綽約，暗香浮動於紙端。而且不僅人物美，動物美，景致美，就連言語都很美。蒲松齡下筆時，特意使用駢麗雅致的文言，譬如《嬰寧》一篇，寫王子服因為思念嬰寧，媒人卻又推三阻四，故他一氣之下，決定自己前去山中，探訪佳人：

（右圖）唐　張萱《搗練圖》
（局部）

歷代美女 在不同的時代背景與流行取向中,人們的觀點也有所不同。在唐以前,歸納《詩經》、《楚辭》、《文選》等古籍對女子的描繪,可見當時文人多鍾情於身形纖瘦、明眸皓齒、唇紅膚白的女子。唐代在壯盛國力與兼容胡風的氛圍下,以豐腴健美、爽朗陽光的女性最受欣賞,而唐人這種美學觀點也同樣在雕刻、繪畫、書法都追求渾厚、剽悍的風格中明白凸顯。

唐以後,對美女的偏好又回到欣賞其柔弱、纖細、溫婉等質性。明代,還講究女性細部如髮、腰、手、足等整體的形體美,此階段的纏足可視為重要特色。明末清初,對女子的品評標準從外貌而移轉至才與德上,同時並有「情人眼裏出西施」的概念,認為只要個人覺得對方美,心悅之,那麼這個女子即可稱為美人。此後,對女子的審美角度便趨向個人化。

懷梅袖中,負氣自往,而家人不知也。伶仃獨步,無可問程,但望南山行去,約三十餘里,亂山合沓,空翠爽肌,寂無人行,止有鳥道,遙望谷底,叢花亂樹中,隱隱有小里落,下山入村,見舍宇無多,皆茅屋,而意甚修雅,北向一家,門前皆柳絲,牆內桃杏尤繁,間以修竹,野鳥格磔其中。

寫山景用「亂山合沓」,寫空氣之清新用「空翠爽肌」,這是多麼的乾淨簡潔!而嬰寧所居住的空間,又是多麼的「修雅」!故全書儼然形成一種絕美的風格,晶瑩剔透,而在中國古典小說中,幾乎無人可以與之匹敵。可惜的是,日後改編《聊齋》的人卻多未注意到這一點,而多把它庸俗化、粗糙化了。

又有許多人誤以為,《聊齋》是在寫鬼魅恐怖之事,結果大失所望。不過,若要說蒲松齡把鬼狐寫得像人類一樣可親,那倒也未必,恰恰相反,這些鬼狐大都閃爍著一種神秘的絕美,而非俗人可以比擬。這分絕美,更可以上溯到晚明——中國文化最為成熟燦爛的時刻,而承接湯顯祖《牡丹亭》、孔尚任《桃花扇》乃至於張岱的《陶庵夢憶》,這些作品無不是由「美」入「情」,而由「情」見到了人的真誠,但也見到了人的藐小、無奈、悲哀與執念。就這個角度看來,《聊齋誌異》雖然寫成於清朝,但其實是集晚明文化之美的大成,並且為之畫下句點。

我以為,對於「美」的高度評價,正是蒲松齡與六朝志怪小說的分歧,而要上追屈原《離騷》、《九歌》所歌頌的「香草美人」。不僅如此,蒲松齡《聊齋誌異》的「美」,也頗接近日本物語中的「物之哀」,甚至讓我想起了同樣是在談美、也同樣充滿了神秘色彩的日本文學經典《源氏物語》。《源氏物語》以「源氏之君為中心,他翩然登場,絕世的美貌吸引了男女眾生,為之讚嘆、癡迷、瘋狂、顛倒,甚至無

(右圖)明 唐寅《牡丹仕女圖》

春深一寸
掃眉起素
汝惜花心

物之哀 概念來自日本江戶時代，國學大家本居宣長的文學理念，意思是指對某一事物生出了深刻、細膩而極致的審美感受，而這種心靈活動往往促使感受者在極度讚嘆其美好的同時，也產生了不安、驚懼、孤獨，甚至要與之一同毀滅的強烈情緒。

日本文學有許多關於「物之哀」的書寫，過程多壓抑、陰鬱，而結局常導向「毀滅」及「死亡」。比如三島由紀夫的《金閣寺》、太宰治《斜陽》，電影《御法度》也是日本物哀式唯美主義的代表作之一。

「物之哀」雖非日本文學獨有，但日本特有的文化和精神，恰常助長作家此種審美意識，因此大多數書寫物哀的作家，最後不免也走上了自我毀滅之途。

（右圖）清宮畫家《美人圖·品茗》

由來的不禁感到一陣恐懼和悲哀：「這副姿容焉得不感動鬼神？簡直是美得有些令人駭怕。」然而，這部小說背後的主題究竟是什麼呢？「物之哀」的論說，當最能夠切中核心。

所謂的「物」，乃是客觀對象的存在；「哀」，則是代表人類所秉具的主觀情意。當人的主觀情意受到外在客觀事物的刺激，而產生反應之時，便進入了主客觀融合的狀態，而呈現出一種調和的情趣世界。但這裏所謂的情趣世界，包含的範圍卻是相當廣大的，它不僅是快樂、喜歡而已，舉凡優美、纖細、沈靜、關照等觀念，都可以算做其中的一端。而也正因為這個世界充滿了情趣，所以值得留戀，但有時，竟也不免興起了稍縱即逝的感慨，歡愁與矛盾，令人感到無可奈何，甚至害怕。我以為，這種「物之哀」的孤獨美學，世事的幻滅無常，如夢幻泡影，如露亦如電，也可以拿來說明《聊齋誌異》的美學核心。於此看來，日本物語與中國小說的內在精神，竟也有了相互契合之處。

情魔

《聊齋誌異》中情節的主幹，無非是在「跨界」二字：動物和人類的跨界，生存和死亡的跨界，而這兩個世界彼此糾葛、纏綿，相斥，又復相生。

跨界故事，早在傳統志怪小說中屢見不鮮，然而《聊齋誌異》的獨特處，便在於蒲松齡賦予「跨界」一個內在的動力，也就是上述的「物之哀」──對於物的「美」有了感應，遂從此處生出了「情」，而這「情」又鼓動我們向前，帶給我們喜悅，但有時，卻也是一種痛苦的折磨，而最終帶來了惆悵、不捨與幻滅，而那便成了「情魔」。

須知這裏的「情」，並非一般的男女之情而已，舉凡愛、恨、瞋、癡、貪，人世之間無處不是「情」的動態。譬如《促織》一篇，小孩子不小心把父親心愛的促織弄死了，他又驚又怕，投井自盡，但是在「氣斷聲吞」、曙光未明之

際，他竟然化成了一隻促織。因為對於促織的愛與懼，推動了他不由自主地進行幻化，就連自己也不自知。

又譬如《葉生》一篇，彷彿是在描寫蒲松齡自己的故事。主角葉生，文章詞賦，冠絕一時，但無奈每次考科舉，卻總是一再地落榜，讓葉生「答喪而歸，愧負知己，形銷骨立，癡若木偶」。蒲松齡在這裏寫盡了落榜的失意、悵然，以及雖生猶死的憾恨。然而，過沒多久，葉生卻遇到了一位貴人，十分賞識他的才華，邀請他到家中執教。葉生因而遠別故鄉，也從此富貴發達，幾年後，終於適逢一個偶然的機會，他輾轉回到了故里，卻發現門戶蕭條，正感到難過之時，卻看見妻子拿著畚箕進來，但妻子卻把畚箕一扔，逃得遠遠的。

> 葉生淒然曰：「我今貴矣，三四年不覿，何遂頓不相識？」妻遙謂曰：「君死久矣，何復言貴？所以久淹君柩者，以家貧子幼耳。今阿大亦已成立，將卜窀穸。勿作怪異嚇生人。」生聞之，悵然入室，見靈柩儼然，撲地而滅。

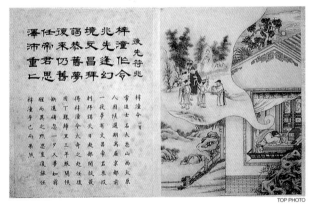

（上圖）清代《聊齋圖冊》插畫。這個版本的《聊齋圖冊》本為清宮舊藏，是給帝王閒暇時閱讀的。
（右圖）清代《聊齋圖冊》插畫。

葉生明明死了，卻不知道自己已死，反倒在另外一個世界中，進行一段他所夢想的美好人生。情感的流轉不滅，強烈的我執，早已超越了身體的侷限。然而，到底哪一個世界為真？哪一個為幻呢？奇妙的是，蒲松齡寫葉生看到自己靈柩時，竟然也不驚奇，彷彿心中默默已經感知，於是一縷魂魄，「撲地而滅」。

人間「情」的千變萬化，還可再以《封三娘》這篇為例。《封三娘》講的是一個美麗的女子范十一娘，在中元節盂蘭

《聊齋誌異》可謂是中國文學史上最著名的一部鬼怪小說集，作者在搜羅、彙整了鄉野傳奇與民間傳說後，投入個人的理想和寄託，運筆聯合「人、鬼、狐、仙、怪」，共同構築了一個光怪陸離的奇幻異域。

《聊齋誌異》現存有四百九十一篇，異類的區別大致可分為八種，其中以鬼與狐為最多。

鬼的部分又可細分為「男鬼」與「女鬼」。「男鬼」當中最有名者當屬為友人妻換頭的陸判官（《陸判》），以及為了替亡父抱不平，在冥間飽受壓迫仍不改正義的孝子席方平（《席方平》）。女鬼的部分則以《聶小倩》登上螢光幕的機會最多。

除鬼之外，狐精在《聊齋誌異》中出現的頻率最高，且大抵都為纏綿悱惻、意韻深邃的愛情篇章，比方《蓮香》、《嬌娜》、《封三娘》等。

其他類別的異類，在書中占比不高，但蒲松齡善於描繪各物種之特性，信筆拈來，亦頗有特殊的情趣。此類男妖大致可概分如下：

一、其他畜類：如《花姑子》（獐）、《黎氏》（狼）、《二班》（虎）。

二、花精樹怪：如《葛巾》（牡丹）、《荷花三娘子》（蓮）、《黃英》（菊）。

三、昆蟲類：如《蓮花公主》（蜂）、《綠衣女》（蜂）、《素秋》（蠹）。

四、水族及兩棲類：如《汪士秀》（魚）、《八大王》（鱉）、《白秋練》（鯉）。

五、鳥禽類：如《阿英》（鸚鵡）、《鴿異》（鴿子）、《馮木匠》（雞）。

六、其他類：如《泥書生》（泥）、《石虛清》（石）、《書癡》（書）。

《聊齋誌異》在鬼怪的故事
中，展現了一個絕美的世界。
王韶婭繪

外國的鬼怪 世界上所有的民族都有自己的一套神話信仰、鬼怪傳說，因著地域不同，這些異物精怪的形貌俱有不同，兼之文化價值的差異。

西方因為受到基督教文化的影響，絕大部分的鬼怪都屬與上帝對立的邪惡勢力，它們通常是超自然的靈體，邪惡、猙獰，大都存在黑暗裏，直接害人，或者以各種方式誘騙人類背叛上帝。除此之外，西方有形的鬼怪主要有：吸血鬼、狼人、巫婆、木乃伊、骷髏怪、惡龍……。基本上，這些鬼物呈現更多的是在原始獸性，它們普遍不聰明，傷人的武器主要就是蠻力。

而在日本，民間有許多妖怪的傳說，這些妖怪的起源往往是出於對自然、動物的敬畏。由於日本是個多山多水的國家，所以有各種與水有關的妖怪，如河童；或是住在山上的妖怪，如鶴女、貍、狐女等等。在江戶時代，描繪各種妖怪的浮世繪非常風行，其中最著名的是《百鬼夜行圖》，裏面描繪許多鍋碗瓢盆等生活用品，搖身一變成為妖怪的模樣。

日本妖怪最大的特徵在於它具有兩面性，時善時惡，可以互相轉換，形象不似西方鬼那樣邪惡恐怖。

（左圖）死神
（右圖）蛇妖化人

骷髏怪
日本浮世繪大師歌川國芳所
繪，畫中僕人為保護公主，抵
抗骷髏怪的來襲。

科學怪人
瑪 麗 · 雪 萊（Mary Shelley）
的小說中，瘋狂的科學家用屍
塊創造出了一個怪物，因此被
稱為科學怪人。科學怪人是西
方著名的鬼怪之一。
© CORBIS

HORROR
HIT
No. 1

Basil RATHBONE   Bor

聖喬治屠龍
龍在西方世界中，大都以惡龍
的形象出現，最著名的傳說就
是中世紀歐洲的聖喬治屠龍
記，敘述聖喬治殺死了惡龍，
並拯救公主的故事。
©CORBIS

盆會中，遇到了另外一個美麗的女子封三娘。兩個美女，都是二八年華，姿色絕美，蒲松齡寫道：

> 是日，遊女如雲，女亦詣之，方隨喜間，一女子步趨相從，屢望顏色，似欲有言。審視之，二八絕代姝也，悅而好之，轉用盼注。

這「轉用盼注」四字下得真好，讓讀者分明可以感到兩人之間的眼神流轉，相互牽引，所以十一娘以金釵贈之，而三娘則以綠簪為報。十一娘回家後，卻非常的想念三娘，抑鬱寡歡，悵然遂病，有一天，她要丫鬟扶她去後花園賞景，忽然看到一個女孩爬過圍牆，居然就是三娘。十一娘又驚又喜，握住她的手，述說起自己得病的經過，三娘聽了，感動得「泣下如雨」，兩人從此結為姊妹，整天形影不離。

如果用現代的眼光來看，我們大概會覺得，只憑一面之緣就臥病不起，未免太過誇張了，就像是湯顯祖的《牡丹亭》，杜麗娘在夢中與書生相會，夢醒之後，竟也思念成疾，纏綿致死。而這種瘋狂的情感，是現代人所不能理解的，但明末的文人卻很熱中於這一類的故事。我以為原因無他，只因他們懂得由「美」而生出的「情」，以及「情」的魔力，然而注重理性、科學和務實的現代人，卻早已失去了如此審美的眼睛。而這，是否也是一種文明的墮落呢？

再回到《封三娘》的故事，十一娘和三娘結為姊妹後，第二年，孟蘭盆會又到了，三娘告訴十一娘，就在去年她們兩人相會的橋上，有一位書生，名叫孟安仁，是不可多得的人才。於是她們結伴前往，果然見到了此人，但孟安仁非常貧窮，三娘卻極力保證，此人日後必定大富大貴，於是就在三娘的安排下，十一娘逃家，與孟安仁順利完婚，有了美滿的姻緣。但這時，封三娘卻向他們告別，十一娘苦苦哀求她留下，效仿娥皇女英，三娘不肯，十一娘便心生一計，把三娘灌醉，讓孟生成

TOP PHOTO

53

文學作品中的「絕美」 每一部
文學作品，都體現了作家的某
種意念：或許是思考一個概
念，或許是評價某種現象，也
或許是個別作家對某些事物，
譬如「美」的追求。
對大多數的文學家來說，「美」
是不分國界，永遠的課題。但
以質量來說，東方文學對此談
的最多，實踐的也最多。
中國小說雖偏重於對現實世界
的描寫，但相對少數的純美文
學到了今日仍為經典，比如湯
顯祖的《牡丹亭》、孔尚任的
《桃花扇》；在以講究美學美
感的戲曲舞台上，一遍遍被搬
演。

其好事。等到三娘酒醒後，說了以下的一段話：

> 實相告，我乃狐也，緣瞻麗容，忽生愛慕，如繭自纏，遂有今
> 日，此乃情魔之劫，非關人力，再留，則魔更生，無底止矣。

讀者可能早就猜到，封三娘必定不是人，果然是狐狸的化
身。但這故事真正耐人尋味的，卻是在於：這隻狐狸明明知道
自己不該來到世間，稟氣不相投，但又為何非變成人不可呢？

只因為在一個偶然的機會中，狐狸看見了一個女人的美，
而那份「美」感動了她，「緣瞻麗容，忽生愛慕，如繭自
纏，遂有今日」，所以才一而再、再而三地來到人間。試
想，居然有一種人類的美，可以感動一隻狐狸？「美」的力
量，強大到足以跨界，而且這一回，竟然不是狐狸變成的美
女，讓書生著迷，而是反過來，一個女人的美讓萬物為之忘
我。更重要的是，此事無關乎男女情慾——孟生在這則故事
中只是配角，重要的是兩位女人之間的彼此吸引，而這是一
種最乾淨、純粹而超越的「美」。

因「美」，生出了「情」，明知毀滅伴隨而來，卻無力自
拔，乃至墮落到「情魔之劫」，導致「魔更生，無底止」。
我覺得，這才是《聊齋》中最可怕的一件事，不在鬼狐，或
是精怪，可怕的是情的鼓動，不知所以，沒有原因，卻「如
繭自纏」，而把自己捲入了一種連自己都不能控制的、入魔
的狀態裏。這非常可怕，但卻也很美，相比之下，現實的功
名、利祿皆可以捐棄了，算不得什麼，而假定人的一生中可
以一睹到那種美，死亦不足惜。

美的寂滅

《聊齋》中的「美」與「情」，不只在人，還可以推到戀
物、癖好，譬如《鴿異》寫的就是愛鴿。古往今來寫「鴿」
的文章，不知有多少，然而玄妙美麗、不可思議的，卻莫過

劉振祥攝

晚明是文化藝術的一個高峰。（上圖）
明代景德瓷器。無論是青花、五彩、粉彩或是單色釉瓷器，都非常高貴與成熟。
（右圖❶）崑曲《牡丹亭》劇照
（右圖❷）江蘇名園留園，至今依舊保留了明代江南園林的風格。
（右圖❸）明《皇都積勝圖》（局部）
《皇都積勝圖》主要描繪明代時北京城繁華的景色，充分表現出晚明文化之美。
（右圖❹）明代黃梨木椅

於此篇。

《鴿異》的主角張公子，喜歡養鴿，呵護自己的愛鴿，就如同照顧嬰兒，而他搜羅了全天下的各種鴿子，譬如「坤星」、「鶴秀」、「翻跳」、「黑石」，還有「夜遊」。「夜遊」不僅名稱美，連鴿的特性都美：

鴿善睡，睡太甚，有病麻痺而死者。張在廣陵，以十金購一鴿，體最小，善走，置地上，盤旋無已時，不至於死不休也，故常須人把握之，夜置群中，使驚諸鴿，可以免痺股之病，是名「夜遊」。

這種鳥體型袖珍，又善走，終日不停盤旋，唯有人把牠握在手中之時，才肯停下來歇息，所以名叫「夜遊」。而這鳥，豈不是太美？

張公子愛鴿的名聲，傳遍了天下。有一天，他坐在房裏，忽然有一個白衣少年來訪，說自己也喜歡養鴿，想要看看張公子的收藏，果然是「五色俱備，燦若雲錦」，令他十分佩服。於是，白衣少年說：「我也有鴿子，你要不要隨我來看呢？」這時雖然四下「月色冥漠，野壙蕭條」，但是愛鴿的好奇之心，使得張公子不顧一切，跟著白衣少年而去。走著走著，便見一道院，陷落在黑暗之中，沒有一絲燈火，白衣少年於是牽著張公子的手，走進庭院中。少年口中發出鴿子的叫聲，果然就有兩隻鴿子，不知從哪兒飛出來，在院中開始翩翩起舞。那鴿子的模樣，蒲松齡形容：

睛映月作琥珀色，兩目通透，若無隔閡，中黑珠圓於椒粒，啟其翼，骨肉晶瑩，臟腑可數。

白鴿全身晶瑩通透，還居然可以看到裏面的臟腑。張公子愛不釋手，忍不住向少年討一對，少年起初不肯，最後經不

起他一再要求，便忍痛割愛。於是張生把這對白鴿捧回家，寶貝異常，過了兩年，又繁殖了三對。結果有一日，某位長輩想要送鴿子給大官，作為禮物，長輩向張生索討，而張生不敢隨便應之，左思右想，便把白衣少年送他的奇鴿，分了一對給長輩，然後又轉送到大官那兒。過沒多久，張生見到了這位大官，發覺他似乎不把送鴿之事，放在心上，故忍耐了許久，張生終於開口，問大官是否喜歡那對白鴿？

大官居然回答：「還算肥美。」原來他把鴿子煮來吃了，張生大駭，說那可是稀有的名鴿，大官居然回答：「但吃起來，味道也沒有什麼不同。」

這時，張生只能嘆恨返家了，那天夜晚，他夢到白衣少年出現，少年憤怒地說：「我以君能愛之，故遂託以子孫，何乃以明珠暗投，致殘鼎鑊！今率兒輩去矣！」少年憤而舉袖，化為大鴿，率領剩下的白鴿一齊飛向天際，消失得無影無蹤。

然而故事最有趣的，卻是在結尾。第二天清早，張生起床，一看鴿籠，白鴿果然不見了，在悵恨之下，他竟把所有的鴿子，全都分送親朋好友，從此再也不養鴿。這結尾雖然十分簡短，卻餘韻無窮。從最初的愛戀、欲望，最後回復到了一無所有的空寂。故這便是「物之哀」的底蘊：從「美」所引起的「情」，意念紛然多端，但卻旋起旋滅，終歸於幻滅，還是回到了空寂的狀態。而《聊齋誌異》透過這些故事，以寓言筆法，婉轉地傳達出一種了悟與悲哀。

二十一世紀的我們為什麼要讀《聊齋誌異》？

生活在二十一世紀的我們，又為什麼要讀《聊齋誌異》這一本寫於十七世紀末的鉅作呢？其實，我們早就在一直不斷的重讀它，甚至重新創造它，透過由它改編而成的小說、電視和電影，《聊齋》早就深深地走入了每一個人的生活裏。但我們卻也大都是透過現代人的思維方式，隔了一層的去瞭解它，而在這個過程之中，原著中可貴的精神和精華，就不

免一點一滴的流失掉了。

也因此，重新翻開蒲松齡的《聊齋誌異》，細細品味每一則故事，我們將會感動於蒲松齡對美的渴求、嚮往，以及堅持，也才赫然發現，原來在我們的日常生活之外，還存在著另外一個超現實的世界，在那裏面，並沒有可怕而嚇人的鬼怪，反倒是洋溢著一種靈魂上的絕美，足以安慰我們身處在俗世之中，一顆寂寞又孤獨的心，甚至也使得俗世中必然存在的醜陋與欠缺，獲得了某種補償與慰藉。那一個超現實的世界，有點像是西方宗教中所說的天堂，我們看不見它，但卻永遠心嚮往之，嚮往自己有朝一日，也能掙脫現實的樊籠，卸下軀體的重負，而向上飛升，就像屈原或是蒲松齡一樣，穿透了現實的表面，而用心去目睹、去捕捉宇宙之大美。

這種美感的追求與建立，不也正是生活在現代世界中的我們，最為缺乏的一環嗎？從十八世紀以來，工業革命促使科學的發展一日千里，而資本主義的高度發達，更使得我們陷入金錢的牢籠裏，不論是科學或商業，都著重在務實和功利的層面，而過度拘泥於現實的結果，遂使得我們漸漸失去了對於超自然的信仰、崇拜，也進而失去了純粹的審美能力。現代人重視理性，忽略感性，也因此，不再重視無價而抽象的美，只斤斤計較於一些有價的、可以計算的利害關係。我們的生活從此失去了美，而多了貪婪，精神生活的空虛與墮落，彷彿讓我們淪為一頭頭迷失在數字叢林之中的野獸。

故重讀《聊齋誌異》，我們不禁要驚訝於三百多年前，中國的文人竟然是如此的愛美、崇敬美。在物質的層面上，他們絕對比不上我們，但是精神生活的飽滿度和精緻度，卻是遠遠的超越了後代子孫。重讀《聊齋誌異》，我們也才能夠瞭解：為什麼十七世紀的晚明，國力十分衰弱，但在文化上的表現，卻堪稱是中國文明的巔峰？不論是繪畫、家具、戲曲音樂（如崑曲），甚至文學（如湯顯祖《牡丹亭》、張岱《陶庵夢憶》、孔尚任《桃花扇》到清初蒲松齡的《聊齋誌

（右圖）清 高其佩《高崗獨立圖》

北京故宮博物院

異》），無一不是中國文化藝術上登峰造極的傑作。而他們共同的特色就在於肯定美的意義，從現實生活中的一點一滴，到人的內在性靈，皆是美感具足，而且把美視為人生之中最高的價值，然後由美入情，直抒性靈，讓人心中的情感都可以充分地、自由地流露和顯現。換句話說，十七世紀中國的文人，其實是用最美的文字，打造出了一個最美的有情天地。

反觀近代的中國社會，經歷了多次戰事，以及全球化年代中資本主義價值觀的衝擊，一再使得文化的傳統根基，早就如同一片風中搖搖欲墜的枯葉。經濟上的日漸富裕，西化的生活方式，不見得可以帶來心靈上的滿足，而現代文明的諸多病徵，也都已在中國人的社會中越來越清楚的顯現。如此一來，如何重新找回中國傳統中固有的美感，扎根於生活，而不是在全球化的浪潮之中，隨波逐流，恐怕才是我們這一代人最重要的使命。故讀《聊齋誌異》，不只是在讀它那充滿了想像力的精采故事，更是在讀中國文化中美的精髓，並且要以此無限之美，點染我們自己有限的生命。　　　　■

故事漫畫

541

本名吳志英，一個來台流浪十多年的韓國華僑，輔仁大學應用美術系畢業，現況為SOHO族，
平日以插畫設計來維持生計。著有《541的上班日記》、《541的上班週記》等書。

小獵犬

山西衛周祚相國做秀才
讀書時住在僧院
室內蚊蟲甚多
通宵難眠

又被批評文章
又無法睡
超不爽中

拜託
安靜一點
好嗎！

這邊寫的
不大好

恩~糟透了~
幫他修改一下

嗡~

嗡嗡~

忽見一個小武士，身高二寸，騎小馬，帶小鷹，自外而入
在室中盤旋。繼而又來個牽小犬的，大小、裝束與前者相同
隨後來了數百，攜鷹犬數百頭，在室中大肆狩獵
鷹撲蚊蠅，犬捉虱蚤，頃刻之間，全部消滅

嘶~

嗡

啾~

嗡嗡~

殺

一片混亂~
吵雜不停~

...

嗡~

汪汪~

完全沒辦法睡覺

忽又來個穿黃衣的小王
眾武士紛紛向他獻上獵物，之後散去
衛公悄悄巡看，見壁磚上剩下一隻小獵犬
捉住觀賞，非常可愛

小小的...

真可...

愛...

闖禍還狂撒嬌

餵飯不吃，只在身邊尋咬蟲類
蚊蠅均不敢落，衛公愛如珍寶

清~潔~溜~溜~

我有
這麼髒嗎？

吃太多蟲
撐暈

某天衛公睡覺時，不小心將身下的小獵犬壓死
而室中從此再無蚊蟲

謝謝你~

害蟲剋星
虱蚤迴避
蚊蟲勿近

王平子到京參加順天府鄉試，住在報國寺
寺中先住有餘杭生，對王生傲慢
後有宋生來寺遊觀，餘杭生又蔑視他
並與他比試八股文
反遭文思敏捷的宋生奚落

跟我鬥?!
多讀點書吧~

厲害!!

此後，王生在宋生指導下，文章愈作愈好
餘杭生之文，被宋生批得體無完膚

我要燒水~

我要去茅坑~

拿去~
嗚嗚嗚~

淪落為
廢紙

考試過後，三人遇一盲僧（他其實是鬼）
能以鼻子嗅文優劣，王生與餘杭生都將場中
所作燒給他嗅，盲僧肯定王生，大貶餘杭生
而發榜結果，餘杭生得中，王生落第

怎會這樣!!

哇呵呵呵~
我贏了!

羞

太久沒修剪
鼻毛了

王生次年再考，又「以犯規被黜」，宋生大哭
原來宋生也是鬼
欲助良朋高中一了生平之願

嗚嗚嗚~
沒天理啊~
好冤啊~

不要再哭了~
餘杭生的紙
快用完了

拜託!
我考上了耶!!

宋生後被任做司文郎神，扭轉了文運　，王生得中舉人、進士

恭喜你
終於考上啦~

謝謝您~~

司法不公!!

抗議

抗議

劉子固一眼愛上了雜貨鋪少女阿繡
但向阿繡家求婚時，卻得知阿繡已
許配給人。難過沮喪之時，狐女
幻化成阿繡的模樣來和劉子固歡會

我們
永不分開喔~
愛你呀~

嘻嘻~

山寨A⁺貨
狐女

但聰明的僕人看出端倪，並告知劉子固狐女怪異
的身份，嚇壞的劉子固決定準備兵器伏擊狐女阿繡
對這樣的薄情郎，狐女阿繡採取忍讓態度，她說：

我知道你一直想念阿繡
正打算幫助你們團聚
我雖不是阿繡，卻自認為不比阿繡差
你仔細看看，我到底像不像阿繡？

嚇都嚇死了
我哪有空
看那些呀!!
救我~怕怕~

剛還打情罵俏
不是嗎？

當狐女落落大方述衷腸
劉子固卻嚇得毛髮俱豎，一聲不敢吭

拜託~~
妳的臉色過白，面頰稍瘦
笑起來沒有小酒渦
不如雜貨鋪的阿繡美
山寨就是山寨
少囉嗦!!

這次copy的
有這麼失敗嗎?!

他怎麼這麼清楚?!
難不成他對
阿繡有意思？

替主子
幫腔的僕人

當民女阿繡陷入被亂軍俘虜的
危難時刻，狐女阿繡卻施展神力
把民女阿繡從戰亂中救出
溫情脈脈地告訴她：

愛你的人馬上就來了
你跟他回家吧

誰?帥嗎？
醜的話
寧願跟你回家

狐女幫薄情郎和阿繡建立
幸福美滿的家庭後
真假阿繡開始了妙趣橫生的比美

猜誰是真的?
誰是假的？

猜對
才能吃飯喔!

不會吧?!

開始，劉子固還能分辨真假
後來，連劉子固都分辨不清哪個阿繡是自己的妻子了

幫我~~
嗚嗚嗚~

右邊~
右邊~

連續猜錯三天
沒飯吃
快餓扁的
劉子固

明朝宣德年間，明宣宗好鬥促織，從民間徵收
陝西華陰本不是促織產地，而縣令討好上官
主動進上一隻好的，朝廷從此責令此地按時進貢
促織遂被居為奇貨
縣令命各里正交納

不按時交納者
等著瞧！

完全是黑道！
鴨霸！

咬牙切齒

驚恐
不安

到了交納促織期限...

顏色跟長相
都差不多啊...

休想
呼攏本官！！

抓不到促織
用蟑螂代替

好險
我沒拿出來

有個老成的里正成名，不敢向下攤派
又無錢買，只好自己去捉
但捉不到，交不上，幾次挨官府杖責
幾欲尋死

我遲早會被打死~
嗚嗚嗚~~

隔壁太太說
塗醬油有效~
試試看~

娘~
你確定？

後得巫婆的圖畫指引，捉到一隻俊健促織
如獲至寶，百般養護，卻被九歲的兒子不小心弄死

聽後巷的阿婆說
其實最有效的是
牛大便
來試試看~

到底行不行啊~？

對不起~

亂聽民俗療法
的妻子

兒子怕父親責打，投井自盡，但尚有餘氣
其魂化為促織，輕捷善鬥，被逐級進貢給皇帝
各級官吏均受到獎賞，成名也因而進學發跡，富比世家

兒子謝謝你~
辛苦你了~

太好了~
終於我們也
苦盡甘來了~

我變為
敏捷善鬥的蟋蟀
現在才甦醒過來了~

民俗療法
終於停止了

不過溫馴的兒子
從此卻染上了
打架的惡習

不要再欺負
牠們了啦

哇呵呵~
我贏了！
叫我第一名！

封三娘

丫鬟扶生重病的范十一娘去後花園賞景
這時封三娘爬過圍牆闖進來

十一娘我來了~

好想念
三娘喔...

什麼人?!
來人啊!抓小偷!

家丁拿棍子正要打三娘時
十一娘突然回神震驚的說...

歐買尬!!
這髮簪好眼熟...

嗚嗚嗚~~十一娘~~
妳終於認出我了嗎~~

→ 超想打人的家丁
待命中

竟敢偷本小姐的!!
還有沒有同夥?
給我用力的打!
打到說實話為止!!

不會吧!!
是妳給我的耶!

是!

生病
脾氣變超差
的十一娘

就這樣可憐的三娘
連續被打了
三天三夜...

媽呀~~

十一娘清醒後終於認出了三娘

對不起~
我生病
所以認不出妳來~

嗚嗚嗚~~~~
妳再認不出來
我都快被打死了~~

秀秀~

驚!!

老實說
其實我是
狐狸變的~

變回原貌

沒關西呀
那你可以當我的寵物
我會好好照顧妳的~

冬天抱我
超溫暖
的喔~

席方平的父親席廉與鄉里羊某不和，羊某先死後席廉病危，對家人說，羊某賄賂陰間使官在打他，渾身紅腫，號呼而死

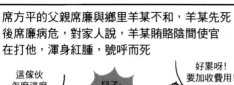

這傢伙怎麼這麼耐打！

好累呀！要加收費用！

兒子~救我！

您已經過世了這不是叫我去死嗎?!

席方平為父親伸冤，魂赴冥府，層層上告而城隍、郡司都被羊某買通
非但不能為父伸冤，自己也倍受刑罰

果然有其父必有其子

都超耐打

投降~

冤枉啊大人~

累壞的牛頭馬面

他又向閻王控告城隍、郡司，閻王開始還作出要查處的姿態，後被兩官疏通，就對席方平大施火床、鋸解等冥府酷刑

這些酷刑對他根本沒用

可怕的傢伙

冤枉啊！

我們想辭職

燒焦了還在鬼叫

見席方平不屈，又好言欺騙
並將他轉生到陽世為人
席方平三日不食而死，再次回到陰司

嚇~

不會吧!!還來呀!!

大人~我一定要上訴！

完全是打不死的蟑螂

最後告到天神那裡，從閻王到鬼卒都被二郎神嚴懲

他們隨你們處置~

我想用火床對付他們

父親用鋸解比較痛苦啦

呵呵~~

哈~

已經對酷刑非常熟悉的父子檔

偷 桃

蒲松齡童年曾去省城，正當立春時節
各行業都到藩司
（即布政使，主管一省人事與財政）
衙門聚會「演春」
蒲松齡也隨友人去看熱鬧

嘩~

好期待喔~~

聽說有不錯看的
表演喔~

見堂上坐著官員，下面人聲嘈雜，鑼鼓喧天
忽有術人帶一個披髮童子挑擔而上，說能表演
顛倒生物季節的節目。官命取桃，術人答應
與童子商量：寒冬無桃，須到王母園中去偷
遂將一團繩子拋向空中，其繩懸空而立，渺入雲端
童子攀援而上，沒入雲霄

每次苦差事
都是我！

拿桃子
來呀？

好厲害喔~~

哇~

哇~

後從空中落下一桃，送到堂上傳看
忽而繩子落地，童子的頭與肢體，也相繼墜下
術人大哭，說兒子被天神所殺，將殘肢收入箱中

驚！

怎麼會
這樣？！

都是你啦
幹嘛說
拿桃子啊！

對呀
種在地上的
西瓜也可以嘛~

嗚嗚嗚~~
我的兒子！

術人收下打賞後

這還差不多~

付了
雙倍的錢

童子又從箱中跳出...

驚！

兒子
弄錯了啦

我沒事~

驚！

又從箱中跳出...

嚇!

不是
那邊啦！

我沒事~

嚇!

! !

行禮謝賞

大家都
嚇跑了啦！

叫你平常多練習
不聽...

受陸判官恩惠換心後的朱爾旦
從此文章大肆長進、科試無往不利
某天和往常一樣與陸判官在家飲酒時朱爾旦說

心腸可以換
想必面容也可換~
我的結髮妻子
面貌看起來不漂亮
想要麻煩您的刀斧
如何？

好！這件事情
容我慢慢去辦~
林志玲不好找~

吃人家這麼多
又不能不答應

我喜歡
林志玲那種fu~

壓抑很久的先生

數天後的半夜
陸判終於找著了美人頭
完成朱爾旦的託付

媽呀!!
你是如何
撐到現在的!!

哎呀~關了燈
都沒差啦~

佩服~~
佩服~~

隔日朱爾旦的妻子醒來
發現容貌變的跟以前不一樣
感到非常的驚駭

歐買尬!!
這真的是我嗎?!
不敢相信!!
太正了吧~~

呵呵~
喜不喜歡啊~
往後要更用心
服侍我喔~

比妻子
更開心的先生

當晚朱爾旦妻子
準備了豐盛的酒菜
兩人喝的醉茫茫、爽歪歪~

還想換哪裡~
通通幫你換~

已經喝掛的
先生

呵呵~

沒想到這時朱爾旦妻子突然飄來一語

那我可以
要金城武那種fu
的老公嗎~~

酒醒了

看來平常壓抑的，不僅僅只有朱爾旦一人而已
妻子雖醜，但也是有夢想的~~

好！這件事情
容我慢慢去辦~
金城武更不好找...

我又不醜
幹嘛要換掉!!

哎唷~少臭美了!
林志玲當然要
配金城武啊!

71

勞山道士

王生是世家大族子弟，年少慕道
聽說勞山多有長生仙人，就去訪求
見一道士，言語玄妙，請拜為師
道士說：「恐怕你嬌氣、懶惰，受不了勞作之苦」
王生表示能吃苦，就被留在那裡
他以後整天隨道士門人上山砍柴

一天到晚砍柴
哪時才能學道術啊...

本少爺
好累啊~

抱怨連連

你要有耐心，你看那位阿伯
他都砍到八十歲了
還在砍柴呢~
加油！

一師兄

過了苦不堪言的一個月，此時王生超想回家
某天晚上，見師父與兩客人飲酒，能用紙剪的月亮照明
將筷子變作嫦娥跳舞，還能移席到月中去，十分奇妙
王生羨慕，便打消了回家念頭

哇!這招厲害!
等學會之後
我要買一堆筷子~
嘿嘿嘿~

師弟聽說你要
繼續留下來啊~
其實每每有人累了想離開
師傅就會用這招留住人
繼續砍柴~

那..上次那個
阿伯是...

又過一月，苦不能忍，堅請回家，只求道士
教些小法術。道士便教他穿牆的咒訣
當時試驗很靈，王生很高興；回家給妻子表演
觸壁跌倒，頭上撞起鵝蛋大包

奇怪！
怎麼會
穿不過去咧!

相公~
不要再撞牆了!
撞成小白癡的話
怎麼辦啊!

數年後，王生意外的練出了鐵頭功

只可惜已經
撞成了小白癡
↓

好了啦!
別再撞壞
牆壁了啦!

耶~~

畫 皮

王生清早走路,遇一獨行美女
便與她攀談。聽說是逃出來的
有夫之婦,就帶回書齋,藏匿共寢
妻子勸他將這女子打發走,王生不聽

再不打發她走
我走喔!

好~
妳走吧~

後遇一道士,說王生面有邪氣
王生不信,回齋見門關閉
越牆而入;隔窗見一猙獰厲鬼
正用彩筆畫人皮,畫完披上
即變為美女

煩死了!
每次都要重畫!!

畫不好
就亂發脾氣
的厲鬼

王生急尋道士求救,道士給他個拂塵,掛於寢門
女子初見此物不敢接近,後將拂塵毀壞
入室掏取生心而去,王妻使弟奔告道士
道士趕來,將厲鬼消滅,卷走畫皮

不錯看~
自己留著
收藏好了~

我也想要...

王妻又求道士救丈夫的命,道士薦一瘋人
瘋人的痰唾經王妻吞食後吐出,化而為心
王生得此心才得復活

老婆~
妳是怎麼
救活我的啊~~

不要問了...
我不想回答...

一直不停刷牙
的妻子

我來告訴妳吧
是他的痰
救活了你

有些事情還是不知到會比較好過些...

....

文章詞賦都寫得絕好的葉生
但無奈每次考科舉，卻總是一再地落榜
讓他雖生猶死...

幫人家帶小孩
填補家用的妻子

嗚嗚嗚~~
好衰喔~~

拜託~
嫁給你的我
更衰!!

火

無敵大衰咖

過沒多久，葉生卻遇到了一位貴人
十分賞識他的才華，邀請他到家中執教
葉生因而隻身前往他鄉發展
從此富貴發達

哇!!
一離開老婆
就飛黃騰達
成這樣!!

該不會是
老婆帶賽?!

爽歪歪~

幾年後，輾轉回到了故鄉
卻發現門戶蕭條，正感到難過時
看見妻子拿著畚箕進來
沒想到妻子看到葉生
瞬間把畚箕一扔逃得遠遠的

驚!

我都敢來見
帶賽的妳了...
妳還逃走!!

娘子~~是我啦~~
別逃啊~~

你已經死了很久，說什麼富貴？
之所以沒有安葬你
是因為家裏窮加上兒子又小
如今兒子長大成人了
馬上就要厚葬你
請你不要作怪嚇人

你我三四年沒見面
現在我富貴了
你怎麼就不認識我了？

是新衣服
太帥氣了嗎？

在哪裡買的
紫色衣服
看起來沒有氣色
更嚇死人!

葉生聽了這番話，心裏好生淒涼！
他走進裏屋一看，只見棺材明明白白地停放在那裏
於是，他即刻撲倒地上，消失得無影無蹤

早知道不來了...
遇到她就倒楣~~
一切都幻滅啊~~
嗚嗚嗚~

活著的時候不會賺錢
死了竟賺一些
我用不到的錢回來!!
八字超不合的...

最後
還來嚇我!!
生氣!!

終究擺脫不了
衰咖命運的葉生

飛黃騰達時
應該要
包個二奶的~~
嗚嗚嗚~

得趕快
埋掉他!!

蓮香

桑生、蓮香、李女
人、鬼、狐雖然殊途
但卻也不妨害他們三人之間親密的感情

三缺一~
再找一個
姊妹來啦~

青蛇~有沒有空
一起打牌?

不要找吸血鬼
他阿兜仔
不會啦~

超愛打牌的
三人

某天,太渴望回到人世間了的李女
附身在另外一個張家少女燕兒的身上
藉由她的軀體還魂

蓮香
妳覺得她如何?

好像滿正的
快還魂吧~

鎖定目標

隔日,沒李女消息的蓮香
跑去張家找李女
沒想到...

哪知她
前後落差這麼大!!
與其活著當醜人
還不如死了當漂亮女鬼

歐買尬!!
你怎麼變成這樣?

原來張女是
背影殺手

傷心欲絕的李女痛哭失聲後,躺在床上
絕食不吃也不喝,然後全身腫脹起來
彷彿化膿,七天後,竟也不死
她忽然覺得飢餓,進食後,又過了幾天
遍體開始搔癢難耐
身上的皮竟然陸續脫落下來
她又回復到原來的美貌

丟~

蓮香、桑生
我回來了~

李女藉由張燕兒還魂成功後
與桑生結為夫妻,但這時蓮香得了大病
膏藥罔效,桑生和燕兒痛哭流涕...

我會燒麻將
給妳的~~

別難過~
如有緣分
十年後便可再相見

嗚嗚嗚~~

十年後...

蓮香~妳不是說
十年後見嗎?
到底在哪裡呀~~

蓮香
三缺一啊~
快現身啦~

嗚嗚嗚~~~
我在這裡...

跟李女一樣
沒看準
轉世失敗的蓮香

嬰寧

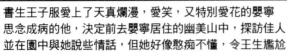

書生王子服愛上了天真爛漫，愛笑，又特別愛花的嬰寧
思念成病的他，決定前去嬰寧居住的幽美山中，探訪佳人
並在園中與她說些情話，但她好像憨痴不懂，令王生尷尬

為什麼是這種反應哩？
應該是哥哥好帥才對呀？
是我抄襲的太明顯嗎？

悶

哈哈哈哈~~
呵呵呵呵~~

笑到飆淚的嬰寧~

後來得知原來愛笑的嬰寧
乃是狐產之女，但仍傾心相愛
結為夫婦

希望晚上
不要這樣

哈哈哈哈~~
呵呵呵呵~~

而嬰寧仍愛笑，常以其笑為全家解憂，
一年後，嬰寧生一兒，兒也愛笑
母子倆人是家裡的開心果

哈哈哈哈~~
呵呵呵呵~~

. . . .

到處打破東西
還狂笑不停的嬰寧

但出去外面...

哈哈哈哈~~
呵呵呵呵~~

在路上
看到醜女

他們不是
在笑妳啦~

秀秀內~

哈哈哈哈~~
呵呵呵呵~~

有人辦喪事

. . . .

哈哈哈哈~~
呵呵呵呵~~

路人踩到屎滑倒

就很難說了...

哈哈哈哈~~
呵呵呵呵~~

今天又被
誰打了？

唉...

喜歡養鴿的張公子
蒐羅了全天下的各種鴿子

my baby~

某天,張公子向一位忽然來訪的白衣少年
手中懇討到一對全身晶瑩通透
居然還可以看到裡面臟腑的白鴿

新來的
好神奇喔!!

哇

一~片~譁~然

驕傲的咧~

不過有時晶瑩通透也是一種困擾...

人家便秘...

快遮住

媽媽妳看
牠們滿肚子都是
大便內!!

被看光光~

哇

小孩子不可以
看髒東西!

而且太與眾不同的時候...

雖然成功繁殖了三對
可送給大官還是捨不得...
更何況大官收了如此神奇的白鴿
過這麼久都沒回應什麼...
我自己去拜訪拜訪~

北鼻們
爸爸來囉~~

也會引來殺身之禍...

透明小心臟砰通砰通跳
看起來好新鮮
所以忍不住
就把鴿子煮來吃了~

還算肥美
還有沒有?

驚!!
我的寶貝~

當天夜晚,他夢到白衣少年
憤怒地出現化為大鴿
率領剩下的白鴿一齊飛向
天際,消失得無影無蹤...

不是還有雞可以吃嗎?
為何連我的子孫
都不放過!!

孩子們
我們走!

幹嘛提到
我們啊

隔天,白鴿果然不見了
傷心的張公子
把所有的鴿子
全都分送親朋好友
從此再也不養鴿了

愛牠請不要吃了牠
若真的很想吃
那吃雞吧
味道應該差不多

放心~
我們家吃素

好險~

77

聶小倩

不想再受妖物控制的聶小倩
懇求寧采臣把自己的骸骨
帶離此處

哥哥~
我不想再害人了~~
帶我走好不好~

好!
跟著我走吧~

我其實是
一個善良的
女鬼

妳這麼可愛
我無法拒絕~

寧采臣如小倩所願
將骸骨安葬在自己書齋附近
小倩為了報恩，就在寧家幫忙家務

雖然是個鬼
可滿會做家事的
長得又可愛~

不賴吧~娘~~

知道了~

倩~地順便
掃一下~

飄來飄去
不斷做家事
的小倩

寧母與小倩相處後，情同母女
終於同意兒子娶鬼女小倩為妻

沒想到娘
如此開明~

謝謝娘~~

其實娶鬼媳婦
好像也不錯~

選個日子
快結吧~

從此以後
無論是上街買菜...

啊!!
忘記買那一攤
的蛋了
去一下~

好的~
討厭
不早說~

咻~

或朋友聚會
小倩都要飛來飛去
隨傳隨到...

我先走嚕~
呵呵~

飛上癮的
婆婆

嗚嗚嗚~
好累~~

又被另一個
姥姥操控的
可憐小倩

哇~~真好~~

咻~~ 咻~

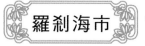

秀才馬驥,喜愛歌舞,容貌姣好
世稱「俊人」,文章知名

呵呵~
太受歡迎
也好困擾喔~

俊~~
我愛你~

俊~

俊~你好帥喔~

後經商泛海,被颶風颳到大羅剎國
那裡人長得奇醜,見馬驥以為妖怪,驚恐逃避
其國風習不重文章而重形貌,形貌又以醜為美,美醜顛倒
所以官位愈高,其人愈醜,朝廷大員個個猙獰怪異

真是
郎才女貌啊~

好帥~
好美喔~

偶像~偶像~

馬驥把臉塗作張飛,那裡人就以為很美,推薦給國王
國王喜愛他「作靡靡之音」(即頹廢淫蕩的樂曲)
加封官爵

誰淫蕩啊~你淫蕩~
誰頹廢呀~你頹廢~

這樂曲實在是太動聽了~
要推廣到民間~
讓老百姓們都能琅琅上口~

後來他隨人遊海市,被龍王世子
邀入龍宮。龍王非常重視文才
請他作《海市》之賦

怎辦!
正常的文章
寫不出來!

都送給我好嗎?
這樣我就可以
升官發財哩

寫了一堆
淫亂的文章

大羅剎國的
官員

馬驥大展才華,揚名四海
婚配龍女,做駙馬都尉

我終於
找回我自己了~

好重啊!

後因思鄉回到家中
龍女又將在兩個月後生的孿生兒女
送到他身邊...

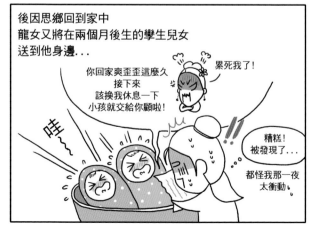

累死我了!

你回家爽歪歪這麼久
接下來
該換我休息一下
小孩就交給你顧啦!

糟糕!
被發現了...
都怪我那一夜
太衝動

原典選讀

蒲松齡 原著

郝譽翔 翻譯

◎葉生

　　淮陽葉生者，失其名字。文章辭賦，冠絕當時，而所如不偶，困於名場。會關東丁乘鶴，來令是邑。見其文，奇之，召與語，大悅。使即官署，受燈火，時賜錢穀恤其家，值科試，公游揚於學使，遂領冠軍。公期望綦切，闈後，索文讀之，擊節稱嘆，不意時數限人，文章憎命，榜既放，依然鎩羽。生嗒喪而歸，愧負知己，形銷骨立，癡若木偶。公聞，召之來而慰之，生零涕不已。

　　公憐之，相期考滿入都，攜與俱北。生甚感佩，辭而歸，杜門不出。無何，寢疾。公遺問不絕，而服藥百裹，殊罔所效。公適以忤上官免，將解任去，函致生，其略云：「僕東歸有日，所以遲遲者，待足下耳。足下朝至，則僕夕發矣。」傳之臥榻，生持書啜泣。寄語來使：「疾革難遽瘥，請先發。」使人返白，公不忍去，徐待之。踰數日，門者忽通葉生至，公喜，逆而問之。生曰：「以犬馬病，勞夫子久待，萬慮不寧。今幸可從杖履。」公乃束裝戒旦。抵里，命子師事生。夙夜與俱。

淮陽葉生，我們已經不知道他的名字了。但他的文章寫得很好，可以說是一時之冠，無人可比，不幸的是，他的運氣卻很不好，屢次應試都落榜。當時關東的丁乘鶴，恰好來到淮陽當縣令，看到葉生的文章，大為驚奇，召他來談話，一談之下，竟是心悅誠服。所以讓葉生到縣衙讀書，還時時發放錢糧接濟葉生。等到科考之時，丁乘鶴在考官們面前讚揚葉生，所以讓葉生奪得第一名。他對於葉生有很高的期望，等到出闈之後，丁乘鶴向葉生要文章來讀，更是擊節讚嘆不已。但可惜的是，葉生的時運不濟，正所謂「文章憎命達」，等到放榜了，葉生依然落榜，鎩羽而歸。葉生嗒然若喪，說不出話來，回到家中，只覺得愧對平生知己，所以食不下嚥，日漸地消瘦下來，整個人也癡呆得如同木偶。丁乘鶴聽說了，趕緊召他來，安慰他，而葉生更是感激得淚流不止。

　　丁乘鶴很憐惜他，於是約定等自己縣令期滿之後，就要帶他一起去北方。葉生非常感佩他的好意，便告辭回到家中，從此閉門，足不出戶，沒有多久，就患了重病。丁乘鶴屢屢派人去慰問他，但吃了好多帖藥卻都沒有起色。恰好這時丁乘鶴因為觸犯上意，遭到免職，即將要卸任回鄉。於是他寫了一封信給葉生，信中大致是說：「我已經定好回鄉的日期，但之所以遲遲不出發，就是因為在等你。你如果早上來，則我晚上就可以立刻出發回鄉了。」這封信送到葉生的病榻之前，葉生握著信，不禁流下眼淚，告訴信使說：「我病得太重了，實在不能起身，請丁公就先回鄉吧。」送信的使者回去後，轉達了葉生的意思，但丁乘鶴卻還是依依不忍離開，留下來等待他。終於過了幾天，看門的僕人忽然來通報，說葉生到了。丁乘鶴大喜，馬上出來迎接他。葉生說：「以我區區賤體的小病，卻勞您長久地等待，我心中實在非常不安。幸好現在我拿著拐杖，終於可以勉強起身了。」丁乘鶴於是便令大家整理行李，一大清早就出發回鄉了。回到家鄉，丁乘鶴便命自己的兒子跟隨葉生讀書，不論早晚都在一起。

公子名再昌，時年十六，尚不能文，然絕惠，凡文藝三兩過，輒無遺忘。居之期歲，便能落筆成文，益之公力，遂入邑庠。生以生平所擬舉子業，悉錄受讀，闈中七題，並無脫漏，中亞魁。公一日謂生曰：「君出餘緒，遂使孺子成名，然黃鐘長棄，奈何！」生曰：「是殆有命，借福澤為文章吐氣，使天下人知半生淪落，非戰之罪也，願亦足矣。且士得一人知己，可無憾，何必拋卻白紵，乃謂之利市哉！」公以其久客，恐誤歲試，勸令歸省，慘然不樂，公不忍強，囑公子至都為之納粟。公子又捷南宮，授部中主政，攜生赴監，與共晨夕。踰歲，生入北闈，竟領鄉薦。

丁乘鶴的兒子名叫再昌，年僅十六歲，還不能寫文章，但卻是絕頂聰明，凡是文章讀過兩三遍，就不會遺忘。葉生教他一年之後，他居然就能夠下筆，寫出一篇絕妙好文，再加上丁乘鶴的幫忙，於是就進入縣學。葉生於是把平生所寫的應試文章，都寫下來教再昌讀。結果考試之時，葉生猜題全都命中，一題不差，再昌因此而高中了第二名。丁乘鶴感慨地對葉生說：「你不過是拿出自己的餘力，傳授給我的兒子，就使得他一舉成名。然而，你自己卻一再失利於科場，真是無可奈何之事啊。」葉生回答說：「這一切都是命中注定。你的兒子是有福澤之人，如今我藉由他的文章來吐一口氣，讓天下人知道我之所以半生淪落，並非是自己的才華不夠，也就得償所願了。而且讀書人只要得到一位知己，就可以畢生無憾，就好像何必一定要把貨物賣出，才算是得利呢？」丁乘鶴擔心葉生久為客卿，會耽誤到自己的歲試，於是勸他回家，但葉生聽了，卻臉色慘然，悶悶不樂，於是丁乘鶴也就不忍再強迫，轉而吩咐兒子為他安排官職。再昌又在會試中金榜題名，當了部中的大官，他帶著葉生一起赴任官職，兩人晨夕相處。過了幾年，再昌又在鄉試中舉。

會公子差南河典務，因謂生曰：「此去離貴鄉不遠，先生奮跡雲霄，錦還為快。」生亦喜，擇吉就道。抵淮陽界，命僕馬送生歸。歸見門戶蕭條，意甚悲惻，逡巡至庭中，妻攜簸具以出，見生，擲具駭走。生淒然曰：「我今貴矣，三四年不覿，何遂頓不相識？」妻遙謂曰：「君死久矣，何復言貴？所以久淹君柩者，以家貧子幼耳。今阿大亦已成立，行將卜窆窆。勿作怪異嚇生人。」生聞之，憮然惆悵。逡巡入室，見靈柩儼然，撲地而滅。妻驚視之，衣冠履舄，如脫委焉。大慟，抱衣悲哭，子自塾中歸，見結馴於門，審所自來，駭奔告母。母揮涕告訴，又細詢從者，始得顛末。從者返，公子聞之，涕墮垂膺，即命駕哭諸其室，出橐營喪，葬以孝廉禮。又厚遺其子，為延師教讀，言於學使，逾年游泮。

剛好再昌被派到外省任職，於是就告訴葉生，說：「這裏離你的故鄉不遠，先生的功名如今登上了雲霄，正是可以衣錦還鄉、大快人心的時候了。」葉生也很高興，於是選擇了一個吉日良辰，便出發回鄉，抵達淮陽邊界時，再昌就命令僕人駕馬車送葉生返家。一回到家，卻見到門戶蕭條，葉生心中起了一陣悲戚，走到庭中時，看到自己的妻子拿著掃帚畚箕走出來，一看到葉生，卻把器具一丟，驚駭地逃走。葉生淒然地喚住她，說：「我現在已經富貴了。才三四年不見，妳為什麼就忽然不認得我了呢？」妻子站得遠遠的，說：「你早就死了，怎麼還說富貴呢？我之所以遲遲不將你的棺木下葬，是因為家裏太窮，孩子年紀幼小。如今孩子漸漸長大，我會盡快找一塊墓地，把你下葬，不要再作生人模樣，出來嚇人了吧。」葉生聽了，便走入屋內，果然看見自己的棺木，赫然在目，於是他往地下一撲，就化成煙霧消失了。妻子大驚，趨近一看，發現他的衣冠和鞋子全落在地上，彷彿蟬之脫殼，她大哭失聲，抱著衣服悲痛不已。這時她的兒子從私塾回來，看到家門口停著一輛華貴的馬車，便問車夫是從哪裏來的？他一聽是父親的馬車，大吃一驚，連忙跑進去告訴母親。而母親抹著眼淚，對兒子說明經過，又細細地詢問一同前來的僕人，才知道究竟發生了什麼事。僕人回去以後，告訴公子再昌，再昌聽了，淚流滿襟，立刻命令馬車，載他到葉生家奔喪，並出資費以孝廉之禮厚葬葉生。再昌還資助葉生兒子，為他請老師教讀，一年後他終於得以進入縣學，為功名而奮鬥。

◎封三娘

　　范十一娘，轆城祭酒之女。少豔美，騷雅尤絕。父母鍾愛之，求聘者輒令自擇，女恆少可。

　　會上元日，水月寺中諸尼，作「盂蘭盆會」。是日，游女如雲，女亦詣之。方隨喜間，一女子步趨相從，屢望顏色，似欲有言。審視之，二八絕代姝也。悅而好之，轉用盼注。女子微笑曰：「姊非范十一娘乎？」答曰：「然。」女子曰：「久聞芳名，人言果不虛謬。」十一娘亦審里居。女答言：「妾封氏，第三，近在鄰村。」把臂歡笑，詞致溫婉，於是大相愛悅，依戀不捨。十一娘問：「何無伴侶？」曰：「父母早世，家中止一老嫗，留守門戶，故不得來。」十一娘將歸，封凝眸欲涕，十一娘亦惘然，遂邀過從。封曰：「娘子朱門繡戶，妾素無葭莩親，慮致譏嫌。」十一娘固邀之。答：「俟異日。」十一娘乃脫金釵一股贈之，封亦摘髻上綠簪為報。

范十一娘，是轆城祭酒官的女兒，年紀輕輕，長得十分美麗，又精通詩文。這樣一個女子，備受父母的疼愛，就連有人上門來提親，都聽從她自己的意願，憑她揀擇，但十一娘卻從來不點頭。

上元節到了，水月寺中的尼姑們，舉行盂蘭盆會的法事。那一天，出來遊玩的女孩，就彷彿天邊的雲朵那麼多，范十一娘也去了。正在隨意地玩賞時，忽然有一個女子，亦步亦趨的，跟隨在范十一娘的後面，看她的神色，似乎有什麼話要說。十一娘仔細地瞧，發現她是一位正值青春的絕代美女，內心不禁興起了好感，兩人眼神相會，充滿了眷戀和欣慕。女子微笑說：「姊姊不就是范十一娘嗎？」十一娘回答說：「正是。」女子說：「我早就聽說妳長得十分美麗了，人們的傳言果然不假。」十一娘問女子住在何處呢？女子回答說：「我姓封，排行第三，就住在鄰近的村子裏。」兩人歡笑握著手，言詞動作，無一不溫柔婉轉，於是都開心得不得了，依戀著捨不得分開。十一娘問女子：「為什麼獨自一人出遊，沒有人陪伴呢？」女子說：「我的父母早就過世了，家中只剩下年邁的奶奶，要看守門戶，所以不能出來。」眼看天色不早，十一娘將要回家了，封三娘望著她，幾乎要掉下眼淚，而十一娘也是若有所失，十分惆悵，便邀三娘去她家裏玩。封三娘卻說：「妳家是富貴人家，朱門繡戶，而我卻是一介貧寒，孤苦伶仃，我擔心會惹人嫌棄和非議。」十一娘卻不放棄，非邀她去不可。三娘回答：「等改天吧。」於是十一娘就脫下髮間的一股金釵，送給了三娘，而封三娘亦摘下鬢上的一支綠簪，回送給她，來作為報答。

十一娘既歸，傾想殊切。出所贈簪，非金非玉，家人都不之識，甚異之。日望其來，悵然遂病。父母訊得故，使人於近村諮訪，並無知者。時值重九，時一娘羸頓無聊，倩侍兒強扶窺園，設褥東籬下。忽一女子攀垣來窺，覘之，則封女也。呼曰：「接我以力！」侍兒從之，驀然遂下。十一娘驚喜，頓起，曳坐褥間，責其負約，且問所來。答云：「妾家去此尚遠，時來舅家作耍。前言近村者，緣舅家耳。別後懸思頗苦，然貧賤者與貴人交，足未登門，先懷慚怍，恐為婢僕下眼覷，是以不果來。適經牆外過，聞女子語，便一攀望，冀是小姐，今果如願。」十一娘因述病源，封泣下如雨，因曰：「妾來當須秘密。造言生事者，蜚短流長，所不堪受。」十一娘諾。

十一娘回到家後，卻對三娘起了深深的懷念。拿出三娘所送的綠簪，既不是金，也不是玉，拿給家人看，卻沒有人知道那是什麼做的，都覺得非常奇怪。十一娘每天都盼望著三娘來，悵然之餘，遂生了病。她的父母知道了這件事，便派人到鄰近的村子去查訪，但卻沒有人認識封三娘。時間悠悠，來到了重陽節，十一娘因為久病，身子十分瘦弱，病中無聊，便請侍女扶她到花園裏，在東籬下設了墊褥。忽然有一個女子攀在圍牆上，窺探園內，十一娘定睛一看，竟然就是封三娘。三娘喊：「快接住我！」侍女趕忙過去，三娘便一下子翻過牆，跳入花園裏。十一娘又驚又喜，立刻起身，把她拉到墊褥上，責怪三娘怎麼沒有遵守約定，來拜訪她？又問她是從哪裏來的？三娘回答說：「我家離這兒非常遙遠，有時來舅家玩耍。之前我說住在鄰近的村子，其實指的正是我的舅家。自從和妳分別之後，我非常想念妳，然而貧賤的人要和富貴的人做朋友，我的腳還沒踏上妳家的大門呢，心中就已經滿懷了慚愧和自卑，我恐怕會被妳的僕人和婢女瞧不起，所以才遲遲沒有前來。剛才，我恰好打從牆外經過，聽見牆內有女子的聲音，所以才爬上牆來，想要瞧瞧，一心就希望可以見到妳，如今果然如願以償了。」十一娘遂對她描述自己生病的經過，封三娘聽了，不禁泣下如雨，說：「如今我來一定要保守秘密，否則造謠生事的人多，總喜歡蜚短流長，將是我所不堪承受的。」十一娘答應了她。

偕歸同榻，快與傾懷，病尋瘳，訂為姊妹，衣服履舄，輒互易著。見人來，則隱匿夾幕間。積五六月，公及夫人頗聞之。一日，兩人方對弈，夫人掩入。諦視，驚曰：「真吾兒友也！」因謂十一娘：「閨中有良友，我兩人所歡，胡不早白？」十一娘因達封意。夫人顧謂三娘：「伴吾兒，極所欣慰，何昧之？」封羞暈滿頰，默然拈帶而已。夫人去，封乃告別。十一娘苦留之，乃止。

一夕，自門外匆皇奔入，泣曰：「我固謂不可留，今果遭此大辱！」驚問之。曰：「適出更衣，一少年丈夫，橫來相干，幸而得逃。如此，復何面目？」十一娘細詰形貌，謝曰：「勿須怪，此妾癡兄。會告夫人，杖責之。」封堅辭欲去。十一娘請待天曙。封曰：「舅家咫尺，但須以梯度我過牆耳。」十一娘知不可留，使兩婢踰垣送之，行半里許，辭謝自去。婢返，十一娘扶床悲惋，如失伉儷。

於是兩人一起回到房間，睡在同一張床上，細訴彼此的心事，沒多久，十一娘的病就不藥而癒了。從此，她們兩人訂為姊妹，衣服和鞋子經常交換著穿，看見有外人來，三娘便躲到簾幕後面，如此長達五、六個月，十一娘的父母才漸漸地知曉了。有一天，兩人正在下棋，夫人悄悄地進房來，一看大吃一驚，說：「原來我的女兒果真有了一個朋友！」於是她告訴十一娘說：「妳有了閨中好友，我和妳父親都替妳歡喜，為什麼不早點說呢？」十一娘便把封三娘的意思，轉達給母親。夫人於是對三娘說：「妳陪我的女兒，我很感欣慰，又何必要苦苦地隱瞞？」封三娘聽了，非常害羞，紅暈布滿了臉頰，默默地用手弄著衣帶。等夫人走了之後，封三娘便開口告別。十一娘苦苦地求她留下，她才打消離開的念頭。

有一天晚上，封三娘忽然從外面倉皇地跑進來，哭著說：「我之前就說不能再留，如今，果然遭受了大恥辱。」十一娘很吃驚，問發生什麼事？三娘說：「剛才我去廁所，忽然有一年輕男子，出面橫阻騷擾，幸好讓我逃了回來。但發生這種事，又有什麼臉見人？」十一娘仔細地問了男子的形貌，便向三娘道歉說：「請妳不要見怪，那是我的哥哥。我會告訴母親，讓她好好責打他一頓。」然而封三娘卻堅持要離開，十一娘哀求她，至少要等到天亮再說。封三娘說：「我舅舅的家就在附近，但是必須有梯子，來助我爬過這一道圍牆。」十一娘這時知道已經無法再留住她了，便命兩個婢女送她過牆，行走了半里多後，三娘便向她們告辭，一人飄然遠走。婢女回家之後，只見十一娘伏在床上痛哭失聲，彷彿失去了人生摯愛的佳偶。

後數月，婢以故至東村，暮歸，遇封女從老嫗來。婢喜，拜問。封亦惻惻，訊十一娘興居。婢捉袂曰：「三姑過我。我家姑姑盼欲死！」封曰：「我亦思之。但不樂使家人知。歸啟園門，我自至。」婢歸告十一娘，十一娘喜，從其言，則封已在園中矣。相見，各道間闊，綿綿不寐，視婢子眠熟，乃起，移與十一娘同枕。私語曰：「妾固知娘子未字，以才色門第，何患無貴介婿？然紈袴兒敖不足數。如欲得佳偶，請無以貧富論。」十一娘然之。封曰：「舊年邂逅處，今復作道場，明日再煩一往，當令見一如意郎君。妾少讀相人書，頗不參差。」

時間悠悠，數月過後，十一娘的婢女因為有事到了東村，傍晚要回家時，卻遇到封女跟她的祖母。婢女一見大喜，趕忙上前問候她，而封三娘也相當惆悵的模樣，問起十一娘生活過得如何？婢女抓住她的衣袖，說：「三姑快跟我回去吧。我家的姑娘盼望著妳，幾乎要思念致死了呢。」封三娘說：「我也很想念她，但卻不喜歡被別人知道。妳回去後，就將後花園的門打開，我自然就會前去了。」婢女回去後，告訴十一娘，十一娘非常驚喜，便照她的話做了，果然封三娘不一時就出現在花園裏。兩人相見，各自說起闊別的日子中的種種，彷彿說也說不完似的。等見到婢女都熟睡了，三娘便起身，移到十一娘床上，和她同枕。三娘悄悄說：「我知道妳還沒有訂下婚約，以妳的容貌和家世，還怕嫁不到一個貴公子嗎？然而紈袴子弟終究不可靠。如果妳想要一個佳偶，那麼就千萬不要計較貧富。」十一娘點頭允諾。於是封三娘說：「當年我們兩人邂逅的地方，今年又再舉辦盂蘭盆會了。明天就請妳再去那兒，一定會遇見一個如意郎君。我小時候讀過面相之書，看人不會出差錯的。」

昧爽，封即去，約俟蘭若。十一娘果往，封已先在。眺覽一周，十一娘便邀同車，攜手出門，見一秀才，年可十七八，布袍不飾，而容儀俊偉。封潛指曰：「此翰苑才也。」十一娘略睨之。封別曰：「娘子先歸，我即繼至。」入暮，果至，曰：「我適物色甚詳，其人即同里孟安仁也。」十一娘知其貧，不以為可。封曰：「娘子何亦墮世情哉！此人苟長貧賤者，余當抉眸子，不復相天下士矣。」十一娘曰：「且為奈何？」曰：「願得一物，持與訂盟。」十一娘曰：「姊何草草！父母在，不遂如何？」封曰：「妾此為，正恐其不遂耳。志若堅，生死何可奪也？」十一娘必不可。封曰：「娘子姻緣已動，而魔劫未消。所以故，來報前好耳。請即別，即以所贈金鳳釵，矯命贈之。」十一娘方謀更商，封已出門去。

天尚未亮，封三娘就離開了，兩人約在寺廟門前相見。十一娘果然應約前往，而封三娘已經先到，兩人共同遊覽一圈之後，十一娘便邀三娘與她同車，一起走出廟門，這時卻見到一位秀才，大約十七、八歲，穿的衣服很簡單，然而長相和儀表卻是非常俊偉。封三娘偷偷指著秀才說：「這人將來必是翰院中人。」十一娘略略看了一眼。封三娘便向她告別，說：「妳先回去吧。我等一下隨後就到。」到了晚上，三娘果然回來了，說：「我已經幫妳打聽詳細，這一個秀才就是同村的孟安仁。」十一娘知道孟安仁家貧，不以為兩人可以匹配。封三娘勸她：「妳怎麼也會墮入世俗的觀點呢？假定孟安仁一輩子貧賤的話，我就把自己的眼珠挖出來，不再見天下人的面目。」十一娘說：「那我又能做什麼呢？」三娘說：「我希望妳給我一樣物品，我好拿給孟安仁，和他訂下盟約。」十一娘說：「姊姊為什麼要這樣衝動草率？我父母尚在，如果他們不同意，那又將要如何？」封三娘說：「我會這樣做，就是怕他們不同意。但如果妳的意志堅定，就算是死也無法改變。」十一娘卻堅持不可。封三娘說：「妳的姻緣已經啟動了，然而此魔劫卻沒有消除。所以為了這個原因，我才會回來見妳，如今我非得要離開不可了，我只好拿妳過去送我的金鳳釵，假裝是妳的意思而送給孟生了。」十一娘才要請她再多思量一下，封三娘卻已經走出門去了。

時孟生貧而多才，意將擇偶，故十八猶未聘也。是日，忽睹兩豔，歸涉冥想。一更向盡，封三娘款門而入。燭之，識為日中所見。喜致詰問。曰：「妾封氏，范氏十一娘之女伴也。」生大悅，不暇細審，遽前擁抱。封拒曰：「妾非毛遂，乃曹丘生。十一娘願締永好，請倩冰也。」生愕然不信。封乃以釵示生，生喜不自已，矢曰：「勞眷注若此，僕不得十一娘，寧終鰥耳。」封遂去。生詰旦，浼鄰媼詣范夫人。夫人貧之，竟不商女，立便卻去。十一娘知之，心失所望，深怨封之誤己也，而金釵難返，只須以死矢之。

又數日，有某紳為子求婚，恐不諧，浼邑宰作伐。時某方居權要，范公心畏之，以問十一娘，十一娘不樂，母詰之，默默不言，但有涕淚。使人潛告夫人：非孟生，死不嫁。公聞，益怒，竟許某紳家。且疑十一娘有私意於生，遂涓吉速成禮。十一娘忿不食，日惟耽臥，至親迎之前夕，忽起，攬鏡自妝。夫人竊喜。俄侍女奔白：「小姐自經！」舉宅驚涕，痛悔無所復。三日遂葬。孟生自鄰媼反命，憤恨欲絕，然遙遙探訪，望冀復挽。察知佳人有主，忿火中燒，萬慮俱斷矣。未幾，聞玉葬香埋，然悲喪，恨不從麗人俱死。

當時孟安仁人雖貧窮，卻富有才華，想將來再擇偶，所以才十八歲還沒有訂親。那一天，孟安仁忽然見到兩位美女，回來後便朝思暮想，一更過去了，封三娘忽然款款而至，來到他的書房。他拿燭火一照，認出就是白天所見的美人，欣喜的問她從哪裏來？三娘答道：「我姓封，是范十一娘的女伴。」生大喜，也來不及細問，便上前擁抱住她，但卻被封三娘拒絕。三娘說：「我今天並不是為了毛遂自薦而來，而是別有目的。十一娘想要和你訂下婚約，所以才託我代為轉達。」孟生愕然，不敢相信。於是封三娘就把金鳳釵拿出來給孟生，孟生高興得不能自己。他發誓說：「今天如此勞煩妳，假定我娶不到十一娘，我寧可一輩子不娶。」封三娘便離開了。孟生等到天亮，就請託鄰居的媒人婆，前去范家拜訪，要向范夫人提親。但夫人看孟生貧窮，竟然也不問女兒的意思，便立刻謝絕，要媒人回去。十一娘知道了這件事，非常失望，也怨恨封三娘一時莽撞，耽誤了自己。然而金鳳釵已經難以拿回了，只好以死來明志。

又過了幾天，有某位仕紳為兒子求婚，恐怕事不能成，所以就拜託縣裏的太宰幫忙提親。因為對方是權貴之士，范公不禁心生恐懼，問十一娘的意思，她卻悶悶不樂，母親問她，她也不肯回答，只是默默的流淚。私底下，她派人偷偷告訴夫人，說除非孟生，否則她死也不嫁。范公聽說了，更加憤怒，一氣之下，居然就答應了仕紳的求婚。而且，他懷疑十一娘和孟生會私下相通，所以催促著，要趕快把婚禮辦成。十一娘忿而絕食，每天只是躺在床上，一直到迎親的前一天，她忽然從床上爬起，攬鏡自照，化妝。夫人見了，正暗暗地高興時，就忽然聽見婢女奔跑著，喊說：「小姐上吊了。」全家上下為之震驚，痛哭流淚，後悔得無以復加，但也無可挽回。三天後，便下葬入土。而孟安仁自從媒人被謝絕後，他憤恨不已，然而還是遙遙地關心十一娘的訊息，希望有挽回的一天。當知道十一娘已經許配給人後，他忿火中燒，所有的希望都在瞬間斷絕。但過沒多久，卻又聽到十一娘香消玉殞，已經入葬的消息，不禁悲戚萬分，恨不得能跟著她一同赴黃泉。

向晚出門，意將乘昏夜一哭十一娘之墓。欻有一人來，近之，則封三娘。向生曰：「喜姻好可就矣。」生泫然曰：「卿不知十一娘亡耶？」封曰：「我所謂就者，正以其亡。可急喚家人發塚，我有異藥，能令蘇。」生從之，發墓破棺，復掩其穴。生自負尸，與三娘俱歸，置榻上，投以藥，踰時而蘇。顧見三娘，問：「此何所？」封指生曰：「此孟安仁也。」因告以故，始如夢醒。封懼漏洩，相將去五十里，避匿山村。封欲辭去，十一娘泣留作伴，使別院居。因貨殉葬之飾，用為資度，亦稱小有。封每遇生來，輒走避。十一娘從容曰：「吾姊妹，骨肉不啻也，然終無百年聚，計不如效英、皇。」封曰：「妾少得異訣，吐納可以長生，故不願嫁耳。」十一娘笑曰：「世傳養生術，汗牛充棟，行而效者誰也？」封曰：「妾所得非世人所知。世傳並非真訣，唯華佗五禽圖，差為不妄。凡修鍊家無非欲血氣流通耳，若得厄逆症，作虎形立止，非其驗耶？」

於是孟安仁趁著晚上出門，想要趁夜色昏暗，到十一娘的墳墓上，哭拜佳人。明暗之間，忽然有一個人影，走近一看，竟是封三娘。她向孟生說：「恭喜你的姻緣可以達成了。」孟生流著淚說：「妳難道不知十一娘已經死了嗎？」封三娘說：「我所謂成功，正是因為她死了的緣故。你可以趕快叫家人來把墳墓打開，我有一種奇特的藥，足以讓她起死回生。」孟生聽了她的話，趕緊把墳墓打開，又打破棺材，然後把墓穴掩好。孟生就背著十一娘的屍首，和封三娘一同回家，放在床上，讓十一娘吞下靈藥，果然過沒多久就甦醒過來。十一娘看見三娘，問：「這裏是哪兒？」封三娘便指著孟生，說：「這就是孟安仁。」因而告訴她整件事情的前因後果，十一娘才彷彿大夢初醒。封三娘害怕這件事會洩漏出去，所以連忙帶著他們遠行，走了五十里之遠，隱居在一個小山村裏。封三娘想要告別，但十一娘卻流淚哀求，要她留下來為伴，讓她住在另一座院子裏。靠著販賣陪葬之時的一些首飾珠寶，作為生活費，三人的日子倒也過得相當順遂。封三娘每次遇到孟生來，就會趕緊走避。反而是十一娘態度從容，告訴她：「我們是好姊妹，就像是親骨肉一樣，然而終有分離的一天，我們何不效法娥皇和女英，共事一夫呢？」封三娘回答：「我因年少時得到特殊的口訣，靠著修鍊，可以長生不老，故為了修行，我不願嫁人。」十一娘笑說：「世上所流傳的養生之術，汗牛充棟，但真正實行而有效的，又有誰呢？」封三娘說：「但我所得的卻非常人所能得。世上流傳的，皆不是真的秘訣，大概只有華佗五禽圖，還不算差得太遠。凡是修鍊的人，無非是想要氣血流通，如果導致走火入魔，那不就是證明其假嗎？」

十一娘陰與生謀，使偽為遠出者。入夜，強勸以酒，既醉，生潛入污之。三娘醒曰：「妹子害我矣！倘色戒不破，道成當升第一天。今墮奸謀，命耳！」乃起告辭。十一娘告以誠意而哀謝之。封曰：「實相告，我乃狐也。緣瞻麗容，忽生愛慕，如繭自纏，遂有今日。此乃情魔之劫，非關人力。再留，則魔更生，無底止矣。娘子福澤正遠，珍重自愛。」言已而逝。夫妻驚嘆久之。逾年，生鄉、會果捷，官翰林。投刺謁范公，公愧悔不見。固請之，乃見。生入，執子婿禮，伏拜甚恭。公愧怒，疑生儇薄。生請間，具道情事。公不深信，使人探諸其家，方大驚喜。陰戒勿宣，懼有禍變。又二年，某紳以關節發覺，父子充遼海軍，十一娘始歸寧焉。

十一娘便暗自與孟生計畫，假裝孟生遠行不在。到了晚上，十一娘便勸三娘喝酒，直到不省人事，再讓孟生潛入三娘的房中，成其好事。等到三娘醒後，大驚說：「是妹妹害了我。倘如我的色戒不破，那麼，我今天已經修道完滿，可以成仙了。沒想到如今卻墮入計謀，這也是我的命吧。」於是便起身告辭。十一娘說明自己都是一番誠心，哀哀地向她謝罪。然而封三娘卻說：「老實告訴妳吧，我本是一隻狐狸。就是因為在偶然間，看到了妳的容貌如此美麗，忽然心生愛慕，這種愛慕如繭自縛，所以我才會有了今日的結局。這是情魔之劫，不是人力所能改變的。如果妳再留我，則魔更生，沒有一個止境了。妳是一個有福之人，福澤綿長，希望妳從此好好珍重。」說完，三娘便悄然而逝。十一娘和孟生兩人驚嘆不已。過一年，孟生參加鄉試、會試，果然中榜，官至翰林。他特別去拜訪范公，但范公又後悔又慚愧，不敢見他。孟生卻執意要見，最後果然見到了，孟生一到范公面前，便深深地跪拜，行子婿之禮。范公惱羞成怒，以為孟生是在諷刺他，但等到孟生將這一段經過娓娓道來之後，范公才恍然大悟，但又不敢置信。於是他派人去孟生家探查，果然如孟生所說，他才轉怒為喜。但這件事他遲遲不敢聲張，害怕會因此招來禍端。直到兩年後，當年來求婚的仕紳得罪了朝廷，父子兩人都被發邊疆充軍，十一娘才終於回到娘家，一家人團聚。

◎鴿異

鴿類甚繁,晉有坤星,魯有鶴秀,黔有腋蝶,梁有翻跳,越有諸尖,皆異種也。又有靴頭、點子、大白、黑石、夫婦雀、花狗眼之類,名不可屈以指,惟好事者能辨之也。鄒平張公子幼量,癖好之,按經而求,務盡其種。其養之也,如保嬰兒,冷則療以粉草,熱則投以鹽顆。鴿善睡,睡太甚,有病麻痺而死者。張在廣陵,以十金購一鴿,體最小,善走,置地上,盤旋無已時,不至於死不休也,故常須人把握之,夜置群中,使驚諸鴿,可以免痺股之病,是名「夜遊」。

魯養鴿家,無如公子最,公子亦以鴿自詡。一夜,坐齋中,忽一白衣少年叩扉入,殊不相識。問之,答曰:「漂泊之人,姓名何足道。遙聞畜鴿最盛,此亦生平所好,願得寓目。」張乃盡齋出所有,五色俱備,燦若雲錦。少年笑曰:「人言果不虛。公子可謂盡養鴿之能事矣。僕亦攜有一兩頭,頗願觀之否?」張喜,從少年去。

鴿子的種類很多，晉有坤星，魯有鶴秀，黔有腋蜨，梁有翻跳，越有諸尖，皆是罕見的種類。又有靴頭、點子、大白、黑石、夫婦雀、花狗眼之類，各種名稱數也數不完，只有喜好鴿子的人才能分辨。鄒平有一位公子名叫張幼量，便特別喜歡鴿子，往往按照書籍來蒐集，就是希望可以蒐集到各個種類。他照顧鴿子之周到細膩，就好像在照顧嬰兒一樣，冷了就用草藥治療，熱了就餵鹽粒。鴿子很會睡覺，有時睡太多了，會因為麻痺而死。所以張幼量在廣陵，以十金的高價買得了一種鴿子，牠的體型最小，很會跑，放在地上，就會不停奔走環繞，沒有停止的時刻，不死不休，也因此需要人常常把牠握在手心裏，到了晚上，把牠放在鴿子群中，就可以時時驚醒鴿子，以免牠們睡得太沈，麻痺而死。而這種鴿子名字就叫做「夜遊」。

　　在山東一帶的養鴿人家之中，沒有人可以與張幼量比擬，而他也相當以此自豪。有一天晚上，他獨自坐在書齋中，忽然有一位白衣少年來敲門，走入一看，並不相識。張幼量問他是誰？他回答：「我是一個漂泊之人，姓名又何足掛齒？因為我早就聽說養鴿之人中，以你為最，而養鴿也是我這一輩子最大的嗜好，所以我很渴望能看看你的鴿子。」於是，張幼量慷慨地把所有的鴿子都展示給少年看，什麼顏色都有，就像是燦爛的雲錦一樣。少年笑著說：「傳聞果然不是假造。公子你可說是極盡養鴿的能事了。而我也有一兩頭鴿子，你想要看看嗎？」張幼量很驚喜，馬上應允，跟著少年而去。

月色冥漠，野壙蕭條，心竊疑懼。少年指曰：「請勉行，寓屋不遠矣。」又數武，見一道院，僅兩楹。少年握手入，昧無燈火，少年立庭中，口中作鴿鳴。忽有兩鴿出：狀類常鴿，而毛純白，飛與簷齊，且鳴且鬥，每一撲，必作筋斗，少年揮之以肱，連翼而去。復撮口作異聲，又有兩鴿出，大者如鶩，小者裁如拳，集階上，學鶴舞。大者延頸立，張翼作屏，婉轉鳴跳，若引之，小者上下飛鳴，時集其頂，翼翩翩如燕子落蒲葉上，聲細碎，類鼙鼓，大者伸頸不敢動，鳴愈急，聲變如磬，兩兩相和，間雜中節，繼而小者飛起，大者又顛倒引呼之。

那一晚月色昏暗，朦朧依稀，野外又十分空曠蕭條，正當張幼量心中漸感到疑懼之時，少年忽然手指前方，說：「請再多加把勁吧，我住的地方已經不遠了。」又走了一會兒，便看見一座院子，不大，而少年牽著張幼量的手，帶他走進去。裏面暗無燈火，而少年站在庭院中央，口中發出一陣鴿子的鳴叫聲。忽然，有兩隻鴿子從黑暗中飛出，長相就和一般鴿子沒有兩樣，但毛色是純白的，牠們飛到和屋簷一般高，一邊鳴叫一邊相鬥，每次相撲，就會翻一漂亮的筋斗。少年手臂一揮，兩隻鴿子便一齊飛走。接下來，少年口中發出一陣奇特的聲音，又有兩隻鴿子飛出來。大的鴿子，就像是鷲鳥一般大，而小的鴿子，卻才只有拳頭大小，兩隻鴿子在階梯上集合，開始模仿鶴的動作，跳舞起來，大的伸長了頸子站著，張開翅膀來作為屏風，邊鳴邊跳，彷彿有什麼東西在空中牽引，而小的則是上下飛鳴，有時落在大的頭頂，兩翼翩翩，就好像是一隻燕子落在蒲葉之上似的，聲音細碎，又好像是陶鼓發出的聲音。大的鴿子伸長了頸子不敢動，鳴叫得越來越急，聲音變成像磬一樣響亮。兩隻鴿子相和，時斷時續，接下來小的鴿子又飛起來，大的則是顛倒過來呼叫牠。

張嘉嘆不已，自覺望洋可愧。遂揖少年，乞求分愛，少年不許，又固求之。少年乃叱鴿去，仍作前聲，招二白鴿來，以手把之，曰：「如不嫌憎，以此塞責。」接而玩之，晴映月作琥珀色，兩目通透，若無隔閡，中黑珠圓於椒粒，啟其翼，肋肉晶瑩，臟腑可數。張甚奇之，而意猶未足，跪求不已。少年曰：「尚有兩種未獻，今不敢復請觀矣。」方競論間，家人燎麻炬入尋主人。回視少年，化白鴿，大如雞，沖霄而去。又目前院宇都渺，蓋一小墓，樹二柏焉。與家人抱鴿，駭嘆而歸。

張幼量看到這美好的景象，不禁呆了，為之讚嘆喝采，自覺好像是一條小溪流，卻看到大海一般，慚愧不已，所以便轉身拜託少年，求他一定要割愛，送自己幾隻。少年不肯，張幼量又苦苦的哀求。少年於是喝叱一聲，命令鴿子飛走，接下來又發出叫喚，召兩隻白色的鴿子前來，放在手上，說：「如果你不嫌棄，就送你這兩隻吧。」張幼量把牠們接過來，放在手心上把玩著，看見鴿子的眼睛是琥珀色的，兩目通透，好像彼此沒有隔閡，而中間的瞳孔比椒粒還圓，還黑，把牠的翅膀打開，則看到牠腋下的肉晶瑩剔透，甚至裏面的臟腑都歷歷可數，看得一清二楚。張幼量深感驚奇，而意猶未足，他立刻跪下來求少年給他。少年說：「我還有兩種鴿子沒有展示呢，現在我倒是不敢再給你看了。」他們兩人正在談話的時候，忽然聽到張家的人正點著火把，走到院子裏來尋找他。張幼量回頭看少年，只見他化成一隻白鴿，就像雞一般大，凌雲而去，飛到九霄之外，又看到眼前的院子消失了，原來只是一座小墓，旁邊立著兩株柏樹。張幼量和家人抱著鴿子，又是驚駭又是嘆息，回到了家中。

試使飛，馴異如初，雖非其尤，人世亦絕少矣。於是愛惜臻至，積二年，育雌雄各三，雖戚好求之，不得也。有父執某公，為貴官，一日，見公子，問：「畜鴿幾許？」公子唯唯以退，疑某意愛好之也，思所以報而割愛良難。又念：長者之求，不可重拂。且不敢以常鴿應，選二白鴿，籠送之，自以千金之贈不啻也。他日，見某公，頗有德色，而某殊無一申謝語。心不能忍，問：「前禽佳否？」答曰：「亦肥美。」張驚曰：「烹之乎？」曰：「然。」張大驚曰：「此非常鴿，乃俗所言『靼韃』者也。」某回思曰：「味亦殊無異處。」張嘆恨而返。至夜，夢白衣少年至，責之曰：「我以君能愛之，故遂託以子孫，何乃以明珠暗投，致殘鼎鑊！今率兒輩去矣。」言已，化為鴿，所養白鴿皆從之，飛鳴逕去。天明視之，果俱亡矣，心甚恨之，遂以所畜，分贈知交，數日而盡。

張幼量讓白鴿試飛，牠們的馴良和特殊，就和當初見到時，一模一樣，所以雖然不是少年所養的鴿中最好的一對，但是在人世間，卻已經算是罕見非常的珍寶了。於是張幼量非常愛惜牠們，兩年過後，白鴿又生了雌雄鴿各三隻，雖然親戚好友向他索討，但他怎麼也不肯給。有一天，張幼量的父執輩中有某一位，貴為大官，他見到張幼量，便問：「你養了多少鴿子呢？」張幼量不敢回答，怕是這位長輩也喜歡鴿子，要向他索討，而他會不忍割愛。但轉念一想，既然是長輩開口，也不好去拂逆他的意思。而且，他不敢隨便選兩隻平常的鴿子送去，便特地挑選白鴿，放在籠子中，送到長輩家中，自以為這就像是一份千金之重的大禮。過了幾天，張幼量見到長輩，他不禁頗感驕傲，但長輩卻沒有一句答謝的言語，於是忍不住，張幼量便開口問道：「上回我送給你的鴿子，你可喜歡？」長輩說：「還算肥美！」張幼量吃驚的說：「你把牠煮了嗎？」長輩說：「對啊。」張幼量大驚失色，說：「那不是一般的鴿子，就像俗語所說的靼韃，並非尋常品種。」長輩想了一下說：「但吃起來，味道卻也沒有什麼兩樣。」張幼量於是又恨又惆悵，回到了家中。當天晚上，他做了一個夢，夢見白衣少年來到他的面前，責罵他，說：「我以為你能夠愛護牠們，所以才把我的子孫託付給你，沒想到你卻是明珠暗投，導致牠們慘死在鍋爐之中！我今天決定要率領子孫一起離去！」話才說完，他便化成一隻大鴿，而張幼量所養的白鴿全都跟著他，邊飛邊鳴，消失在天際。第二天，天一亮，張幼量去鴿籠一看，果然白鴿全都不見了，他內心充滿了悔恨，於是便把他這一生耗盡心血收集來的鴿子，全都分散給親朋好友，沒有幾天，就全把鴿子散盡了。　■

這本書的譜系
Related Reading

《山海經》
作者：非一人、一時之作　朝代：戰國到漢初

記載數百處山川自然的地理、景觀、風土、物產，內容包羅了豐富的奇聞異物，後代小說常自中取經，因而被公認為中國志怪小說之首。

《博物志》
作者：張華　朝代：晉

內容包羅萬象，集神話、古史、博物、雜說於一爐。《博物誌》裏記載了「浮槎」這種不明飛行物體，有人認為這就是幽浮。

《搜神記》
作者：干寶　朝代：晉

搜集各種民間關於鬼怪、奇述、神異以及神仙方士的傳說，也有採自正史中記載的祥瑞、異變等情況，對中國後世的傳奇小說發展影響很大。

《幽明錄》
作者：劉義慶　朝代：南朝宋

志怪類雜錄小說，所記內容皆神鬼怪異之事，原書已失。

《述異記》
作者：祖沖之　朝代：南朝齊

所記多是鬼異之事，共有十卷，現已失傳。又有一說作者為南朝梁的任昉所撰，最早見於《崇文總目》小說類。

《聊齋誌異》
作者：蒲松齡　朝代：清

又稱《聊齋》，俗名《鬼狐傳》，全書共491篇，內容十分廣泛，多談狐、仙、鬼、妖，反映了當時中國的社會面貌。

《閱微草堂筆記》
作者：紀昀　朝代：清

搜輯當時代前後的各種狐鬼神仙、因果報應、勸善懲惡等之流傳的鄉野怪譚，或則親身所聽聞的奇聞軼事，範圍則遍及全中國遠至烏魯木齊、伊寧，南至滇黔等地。

《子不語》
作者：袁枚　朝代：清

又名《新齊諧》，與紀昀《閱微草堂筆記》一書齊名。大都是記述鬼怪故事，大部分來自袁枚的親朋好友口述；一小部分來自官方的邸報或公文。

《玄怪錄》

作者：牛僧孺　朝代：唐

又稱《幽怪錄》，書中篇幅漫長，故事新奇，名篇有《杜子春》、《張老》等。《玄怪錄》之後，又有《續玄怪錄》。

《諧鐸》

作者：沈起鳳　朝代：清

書中故事短小精悍，文字簡練生動，深藏哲理。《諧鐸》中具現強烈的批判性、警策性，故事大量揭露病態世相。

《夜譚隨錄》

作者：和邦額　朝代：清

本書所述多狐鬼妖異，怪則怪矣，然則細究其理，無一不是以怪異來反映現實，描繪人生，針砭時弊。

《螢窗異草》

作者：長白浩歌子　朝代：清

內容記敘的多是明末清初的異聞奇事，作品描寫各式各樣的社會生活，特別是中下層市民的生活狀況，其故事絕大多數都涉及到狐仙鬼怪。

《夜雨秋燈錄》

作者：宣鼎　朝代：清

書中所述多是神奇怪誕、撲朔迷離的故事，透過這些故事，作者反映社會現實，描摹人情世態，抒發人生感慨，傳佈勸善之道。

《淞隱漫錄》

作者：王韜　朝代：清

此書體裁和題材都仿照蒲松齡《聊齋誌異》，但取材範圍較廣，包括多篇關於日本藝妓和歐洲美女的故事。

《淞濱瑣話》

作者：王韜　朝代：清

短篇小說集，體裁和題材亦仿照《聊齋誌異》，因此有的版本名為《後聊圖說》。此書側重狐鬼和鳥獸蟲魚。

延伸的書、音樂、影像
Books, Audio & Videos

《聊齋誌異：會校會注會評本》

作者：蒲松齡　輯校：張友鶴　出版社：上海古籍版社，1978年

此書之會校，主要以《聊齋》的半部稿本以及乾隆間的鑄雪齋抄本為底本，而校以青柯亭刻本等。書中之會注，則採用呂湛恩與何垠兩家的注文。該書之會評，輯錄了王士禎、馮鎮巒、何守奇等十一家評語。

《幽靈怪談》

作者：小泉八雲　出版社：晨星，2004年

現代怪談文學的鼻祖小泉八雲，媲美《聊齋誌異》的日本志怪經典，特別收錄日本名畫家二十幅經典幽靈名畫。憂傷詭譎的日本古老靈異傳說，透過小泉八雲的筆調，露出奇怪縹緲的冷酷意境，令人感受一種幽靈徘徊不散的氛圍。

《幽冥物語》

作者：郝譽翔　出版社：聯合文學，2007年

《聊齋》集中國志怪小說想像力之大成，文字裏的亡魂世界，所反映出的人性面貌，往往比現實更具有力量。本書取此精神，借由現代風貌，以北投山區為故事舞台，再現永恆的生命主題。故事保留著現世的溫度，穿越了陰陽的界線，訴說一段段欲望糾纏的人鬼故事。

《陰陽師》

作者：夢枕獏　譯者：茂呂美耶

出版社：繆思出版社，2003年

日本平安時代，世界仍明暗未分，人、鬼、妖怪魔物等等雜相共處。陰陽師安倍晴明於皇宮陰陽寮任職，與至友源博雅一起解決離奇的怪異事件。

《百鬼夜行抄》（全18冊）

作者：今市子　出版社：東立出版社

主角飯嶋律，是妖怪小說家飯嶋伶的孫子，年幼時就有通靈體質，能夠與妖怪交談。飯嶋伶死前命令最強的式神龍妖青嵐要一輩子守護律。祖父死後，律才開始發現許多祖父生前與妖魔之間的秘密。

《倩女幽魂》

導演：程小東　演員：張國榮、王祖賢、午馬、劉兆銘、林威

故事由《聊齋誌異》中的《聶小倩》改編而成，於1987年上映。敘述書生甯采臣，因帳簿被大雨淋濕，而被迫投宿一間破廟，之後被琴聲吸引至郊外遇到了女鬼聶小倩。但小倩被千年樹妖姥姥所控制，逼迫她引誘人類到所在之處，並將其魂魄吸乾來增加功力。但甯采臣與小倩一見鍾情，道士燕赤霞受到兩人的真情感動，決心助兩人脫離魔掌。

《小倩》

導演：陳偉文　監製：徐克　演員：吳奇隆、張艾嘉、鄭中基、劉若英、洪金寶、李立群

從《倩女幽魂》故事延伸出來的動畫長片，人物與故事仍具強烈的徐克風格。映象構成則有很濃的東洋風味，而且也在平面動畫的基礎上嘗試加入了3D立體效果的片段，整體說來對香港影壇仍有一定的代表性。

《第六感生死戀》

導演：傑瑞·蘇克（Jerry Zucker）

演員：派屈克·史威茲（Patrick Swayze）、黛咪·摩爾（Demi Moore）、琥碧·戈柏（Whoopi Goldberg）

以人鬼戀為題材，描述真愛永恆的浪漫驚悚片，於1990年上映，曾榮獲奧斯卡獎五項入圍，並拿下最佳女配角、最佳原著劇本兩項大獎。故事敘述山姆和茉莉是一對相愛的戀人，在一次深夜返家的途中，山姆遭到搶匪槍擊身亡，留下悲痛欲絕的茉莉。變成鬼魂的山姆意外發現茉莉成為殺害他的歹徒下一個目標，只得藉由靈媒奧德美的幫助，但茉莉卻不相信世間有靈魂的存在……。

《夜訪吸血鬼》

導演：尼爾·喬丹（Neil Jordan）

演員：布萊德·彼特（Brad Pitt）、湯姆·克魯斯（Tom Cruise）、克絲汀·鄧斯特（Kirsten Dunst）

根據美國小說家安·萊斯（Anne Rice）的同名小說改編，於1994年上映。十八世紀末，一位喪妻失女的莊園領主路易，被吸血鬼黎斯特變成了同類。一個偶然的機會中，他遇見了一位和他意氣相投的少女克勞蒂亞，並一起前往歐洲展開找尋同類之旅。兩百年後，在二十世紀末的舊金山，路易決定將自己的故事告訴一位年輕的記者……。

蒲松齡紀念館

http://www.pusongling.net/

1980年，淄博市政府建立了蒲松齡紀念館，並陸續加修花牆、增加台階，且重刻蒲松齡墓表碑、柳泉碑及蒲氏墓標誌碑三座，使紀念館初具規模。現在的紀念館，有六個小院、七個展室，陳列體系完備，展覽內容豐富。

經典3.0
ClassicsNow.net

夢幻之美 聊齋誌異

原著：蒲松齡
導讀：郝譽翔
故事漫畫：541

策畫：郝明義
主編：徐淑卿
美術設計：張士勇
編輯：李佳姍
圖片編輯：陳怡慈
編輯助理：崔瑋娟
美術設計：倪孟慧 戴妙容
邊欄短文寫作：廖惠玲
校對：呂佳真

感謝北京故宮博物院對本書之圖片內容提供特別支持與協助

企畫：網路與書股份有限公司
出版者：大塊文化出版股份有限公司
台北市10550南京東路四段25號11樓
www.locuspublishing.com
讀者服務專線：0800-006689
TEL：886-2-87123898　FAX：886-2-87123897
郵撥帳號：18955675
戶名：大塊文化出版股份有限公司
法律顧問：全理法律事務所董安丹律師

總經銷：大和書報圖書股份有限公司
地址：新北市新莊區五工五路2號
TEL：886-2-8990-2588　FAX：886-2-2290-1658
製版：瑞豐實業股份有限公司
初版一刷：2010年5月
初版二刷：2012年9月
定價：新台幣220元
Printed in Taiwan

夢幻之美《聊齋誌異》= Strange Tales from a
Chinese Studio/ 蒲松齡原著　；　郝譽翔導讀　；
541故事繪圖. -- 初版. -- 臺北市：大塊
文化，2010.05
　　面；　公分. -- （經典 3.0 ；002）

　　ISBN 978-986-213-165-7(平裝)

857.27　　　　　　　　　　99001442